Ronaldo Cagiano

CONCERTO
PARA ARRANHA-CÉUS

Ronaldo Cagiano

CONCERTO PARA ARRANHA-CÉUS

SECRETARIA DE ESTADO DA CULTURA DO DF
FAC
FUNDO DA ARTE E DA CULTURA

L·G·E EDITORA

Brasília, 2004

LGE Editora Ltda.
SIA Trecho 03 Lote 1.760 - Parte A
Tel.: 61 362.0008 - Fax: 61 233.3771
lgeeditora@lgeeditora.com.br
www.lgeeditora.com.br

EDITOR:
ANTONIO CARLOS A. NAVARRO

TEXTO:
RONALDO CAGIANO

COORDENAÇÃO EDITORIAL:
ANNA CRISTINA DE ARAÚJO RODRIGUES

REVISÃO:
JACINTO GUERRA E NAPOLEÃO VALADARES

PROJETO GRÁFICO:
MARCUS POLO ROCHA DUARTE

CAPA:
MARCUS CARDOSO

DIAGRAMAÇÃO:
ALEXANDRE MARINO

IMPRESSÃO E ACABAMENTO:
QUICK PRINTER IMPRESSOS RÁPIDOS LTDA.

Dados Internacionais de Catalogação na Publicação (CIP)

Cagiano, Ronaldo.
Concerto para Aranha-Céus; Ronaldo Cagiano – Brasília: LGE Editora, 2004.

152p.

1. Literatura. 2. Brasil. I. Título.

CDU 82-31

ISBN 85-7238-155-4

Visite nosso site: www.lgeeditora.com.br

Para meus amores
Claudia, Murillo e Rebecca

Para meus pais
Dário e Terezinha

Para meus amigos
Carlos Alberto Bastos Barbosa, Chico Lopes,
Delermando Vieira, Joanyr de Oliveira,
Joilson Portocalvo, José Antonio Pereira,
José Edson Gomes e Zita de Andrade Lima

Escrever é correr riscos.
Adrino Aragão

Escrevemos para perdurar,
para vencer a poeira do tempo,
para despistar a morte,
para regar nossos fantasmas
e obsessões, para nos comunicar.
Emanuel Medeiros Vieira

O que eu procuro é em mim
inominado e pulsante
como em todo o universo.
Francisco Marcelo Cabral

Eu escrevo para esquecer.
Joca Reiners Terron

Escrevo para ser,
escrevo para segurar
nas minhas mãos inábeis
o que fulgurou e morreu.
Vergílio Ferreira

Sumário

A palavra definitiva

Whisner Fraga

Tendo iniciado seu percurso literário com alguns livros de poesia e uma novela juvenil, entremeando colaborações e resenhas em diversos jornais, Ronaldo Cagiano firma-se definitivamente na ficção com este segundo volume de contos. Após o premiado *Dezembro indigesto*, o escritor mineiro radicado em Brasília mal deixou a poeira abaixar e nos apresenta *Concerto para arranha-céus*, mais um exemplo de vitalidade dos autores da nova geração.

Novamente o autor utiliza o cotidiano como matéria de sua literatura. E é uma matéria áspera, injusta, melindrosa, que não permite retoques feitos por artesãos inexperientes. E as mãos de Ronaldo estão ainda mais habilidosas. Os temas são corriqueiros, pequeníssimos recortes da vida e é daí que o contista extrai uma prosa densa, incisiva, inquietante e muitas vezes desesperada. Continua dissecando as tragédias interiores de seus protagonistas sofridos, com tal veemência e talento que não nos resta outra alternativa, senão sucumbir à nossa (vil) condição humana.

Ao lermos as epígrafes, percebemos que a cidade é personagem principal nesses contos. Não somente a metrópole, tão apreciada pelos contemporâneos, como pode dar a entender o título aos leitores mais apressados, mas também as cidadelas do interior, com sua fauna igualmente peculiar de seres, coisas e situações.

É a cidade que impele seus habitantes a atos que não tomariam se participassem de outro *habitat*, invocando uma simbiose na qual essas atitudes fazem dela um ser orgânico e participante do cotidiano de seus moradores. É o concreto vingando em seu destino de prédio.

Há Minas em seus contos, mas também há Brasília, São Paulo, Paris. Não que os universos precisassem dessa migração (não podendo ser entendida como ampliação do espírito humano) das personagens, mas necessitam como parte de seu processo de caracterização: um lugar não pode ser como o outro, a sociedade é singular, também o devem ser as histórias que se passam em ambientes distintos. Existe também um misto de melancolia e mágoa em relação à sua terra natal, cujo destino foi retórico por autoridades sinistras, e que já não é a mesma Cataguases da infância do autor, mas é um sentimento de quem conhece profundamente a natureza que o criou e que, portanto, pode criticá-la como uma mãe procede com o filho que ama.

A reação ao sistema que impera nas grandes cidades, principalmente à Brasília burocrática e irreal, está presente, estão ali os bancários bovinizados, os *fast foods* cheios de pessoas vazias, o cinismo dos congressistas, mas também notamos a decadência das cidades pequenas: a tribuna do disse-me-disse, o golbery municipal habitando um corcunda, os maus políticos - nenhum agrupamento social escapa ao olhar crítico de Ronaldo.

Além disso, o arranha-céu chegou ao campo. As cidades explodem e cospem os menos preparados para as cadeias, para o álcool, para a fome e a morte. Como então separar o ser-humano de sua condição social? Não há como. As construções continuarão pulsando, criando sua própria era, a pós-humanidade. É a matéria controlando a carne, ditando a nossa imprevisível história. É o tempo da tecnologia absurda, da velocidade.

Por fim, a busca pela palavra definitiva, ansiada por todos os escritores. Notamos em Ronaldo Cagiano o esmero do lapidador, aquele que deixa a pedra mais brilhante com o mínimo de desperdício, não existem adjetivos sobrando, as frases parecem surgidas prontas para serem lidas. Poderíamos dizer que essa procura tivesse término nestes arranha-céus, não fosse a vulnerabilidade da língua, que permite que esta ou aquela palavra se encaixe com precisão (e beleza) em uma frase com o mesmo sentido. Sabendo disso, o contista não se contentará com o pronto, um Deus que retoca o belo criando um novo belo.

Ah! Meu amigo, você sabe o que é
a criatura solitária, errante nas grandes cidades!
Albert Camus

Há uma cidade em ti, que não sabemos.
Carlos Drummond de Andrade

A cidade está no homem
que está em outras cidades.
Ferreira Gullar

Cidade, coisa viva e complexa
como um homem.
Ruy Espinheira Filho

Nenhum rosto é tão surrealista
quanto o verdadeiro rosto de uma cidade.
Walter Benjamin

Óbito 75.888

(À moda de Mauro Pinheiro)

Para Moacyr Scliar

Naquela segunda-feira em que não compareceu à repartição, ninguém deu por conta. Era sempre assim: uma depressão de fim-de-semana, um acometimento hepático pós-feriado, um incômodo psicológico, uma simples não-vontade de ir trabalhar... E não aparecia, pronto.

Corta o ponto, Vicente...

Mais uma vez, ninguém ligou. Nem tocou o telefone de sua casa. Sobradinho, *a mais aprazível cidade do cerrado*, era ali mesmo, quase um pulo. Mas ele devia estar cansado e não desceu a serra para, ao menos, assinar a folha de freqüência, como muitos faziam nas repartições naquela época sinecurosa e de vacas gordas sob uma ditadura já em estado de agonia.

O chefe da seção de engenharia do *Ministério* também não chamou para sua casa, como nas primeiras ausências. *Deve ser mais uma das dele. Só pega no tranco.*

Não chovia nem fazia sol para os lados da Saída Norte. Apenas as cigarras de agosto e a névoa seca de um tempo de estiagem a penalizar o cerrado do Planalto Central. Vir ao Plano Piloto? Nem pensar. Poderia ser surpreendido por um colega de trabalho, como daquela vez em que tirou licença médica e foi visto antes do meio-dia saindo de um boteco no Conic, tradicional centro de escritórios e variegado comércio popular, que à noite dá lugar aos "inferninhos" e assume seu lado "underground". Melhor ficar em casa, vendo a tevê em preto e branco ou voltar-se aos livros de sempre: *Hamlet*, *Guerra e Paz*, *Um homem sem qualidades*, Tolstoi, *O Aleph*, *Carta à noiva*, *Coreografia dos danados*, ainda um Rosa, um Bandeira, um Becket, um Lobato, de quem, sobretudo, gostava. Nem havia times de futebol em Brasília que justificassem sua torcida. Desconfio: ele detestava esportes, Paulo Coelho, os *best sellers* americanos e a travestida pseudomúsica sertaneja (com seu lirismo vulgar e padronizado). Em campo, preocupações apenas com a campanha que prenunciava Tancredo Neves na disputa do Colégio Eleitoral que, para os radicais da esquerda, que só aceitavam as *Diretas já*, era uma saída conservadora, para mitigar a pressão popular.

Na estante, com um dos pés quebrados sustentado num tijolo: uma vitrola Phillips; antigos vinis empoeirados de música clássica e jazz; num quadro com o vidro trincado, uma foto desbotada com soldados sobre tanques na Primavera de Praga; a receita de óculos amarelecida sob uma penca de chaves; sobre um pires de porcelana rachado, a vela Cristal usada até a metade; uma carta num envelope de Ituiutaba, com as iniciais LV do remetente; a cartela de Lexotan – companheiro de seus últimos anos. Poeira e cansaço nas paredes. Insularidade que se constatava a cada passo.

Naquela semana, os jornais, além das notícias das alianças políticas para pôr fim ao governo militar, falavam de obviedades. E dias antes alguém o viu de bermuda, as barbas grisalhas mal cortadas, com suas havaianas, uma gaiola na mão, em plena via pública, quando foi surpreendido por um transeunte.

"Vou pegar rato judeu".

Na terça-feira, não compareceu a uma reunião com um grupo de historiadores que estava realizando um estudo sobre a época da construção da Nova Capital, enfocando o massacre da Pacheco Fernandes, um tabu para os pioneiros. Queria arrancar algo dele, que viera, juntamente com Joaquim Cardozo, integrar a equipe de Niemeyer, e acabou responsável pelo cálculo estrutural do edifício do Congresso Nacional. *Mais uma furada do velho*, resmungou seu editor, aquele português sob impagáveis lentes fundo de garrafa.

Deve ser a enxaqueca ou está de novo de mal com a vida, completou o agente administrativo, que, costumeiramente, enchia a garrafa de água que ele levava para casa depois do expediente. Na quarta, nada. Na quinta, o chefe, com a pulga atrás da orelha, *ele nunca ficou tantos dias sem vir, sem dar satisfação*, tocou, tocou, tocou mais no fim do dia, insistentemente, até cair a ligação.

Amanhã você passa lá, Natalino, traz o homem de qualquer jeito, disse ao bedel da tarde.

Na sexta, bem cedo, o garoto que entregava o leite nas casas das quadras 2 e 3, estranhou os embrulhos de pão acumulados na varanda, cisco e folhas secas espalhadas na porta da entrada, um mau cheiro a lembrar animal morto, uns urubus circunavegando sobre o telhado, a silhueta do cão Beethoven, angustiado, com suas patinhas fazendo barulho no vidro da janela fechada de um dos quartos. Na porta da sala, um estranho balé de moscas buscando uma brecha para entrar, contas de luz, telefone e correspondências entupindo a caixa de coleta enrustida no muro.

Dona Judite, a costureira da casa em frente, já havia telefonado para a administração regional, para o Corpo de Bombeiros e reclamara à Polícia, dois dias antes, do mau cheiro. *Deve ser a fossa, ele nunca chama o caminhão pra esvaziar*, ouviu da outra vizinha. Telefonar, não telefonou. Atender, nem uma vez. A última em que foi visto, era sábado, tinha ido ao comércio: foi comprar os jornais na banca do italiano e aproveitou para vender a preço de banana um quadro de Di Carrara, *O corcunda de São José dos Campos*: precisava de dinheiro e sua casa já estava quase sem nada. Voltou trazendo uma garrafa de plástico com água mineral Hélios pela metade. E foi dona Sebastiana, a mudinha peregrina e solícita, que abriu o portão e contemplou aquela estranheza nos seus olhos, um silêncio de despedida. Viu-o entrar pela última vez. E uma nuvem espessa sobre sua cabeça. Antes de bater a porta, olhou-a com uma ternura imprevista. E foi só.

Já fazia uma semana que ele não dava as caras.

O repórter do *Correio Braziliense* tentou ligar, para arrancar-lhe uma entrevista, embora soubesse de antemão ser ele um contraponto dos arruídos literários, a misantropia em pessoa. Preferiu arriscar, ir lá: queria um depoimento sobre a morte de um famoso escritor americano. Deu com os funcionários do IML retirando o corpo em adiantado estado de putrefação. Haviam-no encontrado com a cabeça dentro de um prato de sopa Knorr, a Telefunken ligada, mas "chuviscando", a luz esquálida de um abajur projetando a silhueta dos móveis e objetos e uma assembléia de varejeiras rondando a sala em sua solidão mineral.

A tarde liquefeita num crepúsculo sangrento no horizonte da cidade satélite encerrou o mistério de muitos dias, dias em que, cadeira vazia e mesa cheia de papéis, ele despediu-se sem aperto de mãos. Uma colega de trabalho mexeu nas suas gavetas e garimpou algo rabiscado numa folha solta: "*Tenho grandes frustrações e decepções, e grandes euforias. Amo e odeio apaixonadamente. Uma vida intensa, difícil, saborosa. Acho a vida uma grande aventura. Espero que os idiotas me compreendam.*" Dias em que, em algum lugar do mundo alguém teria lido os *contos do imigrante*, ou não conheceu *os sete sonhos* entre tantos *devaneios de um solitário aprendiz da ironia.* O errante personagem de si mesmo acabara de ganhar vida contra a inércia letal do mundo. E libertou-se para sempre da alma fatigada.

No outro dia, fui ler os jornais. O obituário do dia 26 de agosto de 1984 foi totalmente dedicado a Truman Capote.

P.S. Este conto, se tanto não fosse, ainda assim, é uma homenagem a Samuel Rawet. [1]

(1) Um dos maiores escritores brasileiros, Samuel Rawet era judeu polonês, nascido em Klimontow, em 23.7.29, tendo imigrado para o Brasil em 1936, vivendo no Rio e grande parte de sua vida em Brasília, para onde foi, durante a construção da cidade, para integrar a equipe de Niemeyer, juntamente com outro escritor, Joaquim Cardozo que, como ele, era engenheiro. Entre suas

obras, destacam-se: *Contos do imigrante* (1956), *Diálogo* (1963), *Abama* (1964), *Os sete sonhos* (1967), *O terreno de uma polegada quadrada* (1969), *Alienação e realidade* (1970), *Eu, tu e ele* (1972), *Que os mortos enterrem seus mortos* (1983). Nos últimos anos de sua vida, profundamente deprimido e desiludido, isolou-se em Sobradinho, uma cidade do Distrito Federal. Lá faleceu, solitário e sem assistência. Com uma narrativa visceralmente ligada aos problemas existenciais, seus personagens refletem um ambiente de incomunicabilidade e solidão. Rawet rompeu solenemente com o judaísmo, e assim justificava sua atitude:

> *"Não, não sou anti-semita, porque semitismo não significa necessariamente judaísmo, sou anti-judeu, o que é bem diferente, porque judeu significa para mim o que há de mais baixo, mais sórdido, mais criminoso, no comportamento deste animal de duas patas que andam na vertical. Não vou pedir desculpas pela linguagem vulgar. O meu vocabulário é o do carioca, e com pilantras é impossível, e inadequado, literária e estilisticamente, o emprego de vocabulário mais refinado. Quero pedir a essa meia dúzia de oito ou nove, ou quatro ou cinco, de judeus ou parceiros de judeus em suas transas marginais, que vivem me aporrinhando por aí, que desinfetem".*

A CIDADE PROIBIDA

Do derradeiro pântano
emerge a cidade.
Luiz Ruffato

E a cidade? a cidade? a cidade?
confusa geografia a me cuspir...
Whisner Fraga

O homem em estranho ritual invade o breve espaço de minha visão como um bólido. E eu não sei se ele conhece Mozart ou leu Machado de Assis. Mas noto que há uma sombra que o acompanha. Há em seus passos um grande mistério, semelhante à tristeza que percebi na vida daquela menina de Ituiutaba que eu conheci numa madrugada no Beirute.

Brasília chegou cedo em sua vida. Ambos desabrocharam um para o outro. Eu soube. Disse-me um sujeito que bebia ao meu lado. Ainda em tenra idade, veio da Paraíba com os pais que chegaram ao Planalto Central naquela tarde seca de um setembro distante. A cidade ainda buscava-se em meio aos redemoinhos de poeira, os "lacerdinhas", que dominavam o horizonte da Capital em obras.

Aquele homem está ali, em-si-mesmo, nem tão superior nem humilhado, mas entregue às suas licenciosas indagações. Parece homiziado, atravessando a cidade de uma Asa à outra, a cidade que se abre de Norte a Sul (como um pássaro em solene e interminável vôo) e que os seus ajudaram a construir. E sob a luz do sol que lança afoita e livre sobre os edifícios monótonos da Esplanada dos Ministérios seu indisfarçável lençol de claridade que quase cega, eu o vejo mergulhando, pressuroso, a sua enorme e desengonçada ossatura sobre o desnudo canteiro central, como quem carrega um crocodilo nas costas.

Isolino respira com dificuldade o ar seco dessa época do ano e vai regurgitando sua fugidia esperança. Atravessa as superquadras do Plano Piloto num balé desconcertado, em muda órbita, qual Aracne em impulsos projetados na solidão de sua teia.

Quando sentiu o tédio pela primeira vez no meio da cidade que o viu (de)crescer?

Na escuridão dos primeiros tempos – sem parentes, sem vizinhos, sem esquinas e sem lazer, ninguém o notara – e agora petrificado em sua monolítica condição, risca uma diagonal pelo gramado em frente ao Congresso Nacional e torna remota e improvável sua estada no mundo.

Está desesperado? Perdeu a bolsa e os sonhos? Veio ver o pôr-do-sol atrás do Lago Sul? Sem demora, o homem viaja sem rumo, cortando a cidade que ele viu emergir tímida e expandir-se desordenada em meio aos redemoinhos de poeira vermelha. Diante do espelho d'água das torres gêmeas da Câmara e do Senado, uma parada, feito Narciso às avessas, para dialogar com a água malcheirosa, sobre as quais circula o que sobrou da enésima geração de cisnes presenteados pela rainha da Inglaterra na inauguração da cidade. Até os monumentos da Praça dos Três Poderes pesavam-lhe como um túmulo em que guardava seus dias, cidade impessoal, depositando-lhe cansaços, instigando-lhe padrões que repetiu aleatório e sorumbático nesses anos todos.

Continuou a caminhar e era imprescindível essa corrida. Contra quem? Contra o quê? A que (des)lugares desejava chegar, se pensava em alguma coisa a não ser em sua inconclusa situação de habitante de lugar algum? Do outro lado, o mundo: os motoristas de táxi enrolando conversas, as pombas cagando sobre a estátua da Justiça (antológico e inerte bloco esculpido, com seus olhos vendados para não enxergar o óbvio), um jardim de pedras e ausências compondo o quadrilátero em que o Legislativo, o Judiciário e o Executivo delineiam seus círculos de vício e ócio.

O sonho tinha suas fronteiras e ele ousou transpô-las. A cidade o agredia e de suas vísceras psicopáticas de verdades e lendas, ele via o passado, o presente e o futuro sendo engolidos pela noite interior, liquefeitos pela bile irresistível.

Longe está o tempo em que a desconfiança dos meganhas o importunava, obrigando-o a esconder as leituras de Marx e Gramsci. Foi o velho padre Benoit que deu a idéia da passagem secreta que dava acesso a um cubículo no fundo da oficina de automóveis na Cidade Livre, onde albergava sua literatura e seus sobressaltos. Hoje a luta era outra, contra inimigos invisíveis carunchando sua alma.

A corrupção, a solidão do poder, a transitoriedade das pessoas, a empáfia da classe média, o verniz dos poderosos, a indigência dos puxa-sacos, a miséria da periferia, as invasões, a grilagem em terras públicas: síndrome da cidade adulterada, que expulsou os que a levantaram, estupro aos sonhos dos criadores – tudo isso o comovia e inquietava: Brasília aos quarenta anos, de rugas já feita, expeliu os homens, babélica realidade, sodomizada pelas cópulas de suas cúpulas num tempo estranho em que tentava fugir de seus miasmas, de suas CPIs arquivadas, de seus propinodutos por onde sumiam a verba e a esperança.

Passou as mãos nos cabelos cor de prata, desceu-as pelas duas faces travestidas de dor – ó, como a (c)idade cravou-lhe estranhas esculturas no rosto –, roçou ainda os pêlos encanecidos do peito, expandiu os pulmões, e como se quisesse absorver o impossível, foi se repetindo em gestos desalinhados, em expressões compulsivas, como quem foge de algo muito grave, num ritual de desespero e desatino, estrupícios se cumprindo em sua vida.

Em casa teria deixado a família (que família? – a velha Sinhana com tantos janeiros nas costas colecionando folhinhas do Sagrado Coração de Jesus e esperando a sorte grande que não vem? o Jairinho roendo as unhas? A cunhada chegando sábado para passar o fim de semana e comer às suas custas? o vizinho crente impingindo-lhe as pechas de ímpio?) antes de anunciar seu desespero em praça pública, a desilusão e o tédio do emprego, um chega-pra-lá em tudo, um chute no azar. Vomitava a sensaboria burocrática das ações repetitivas, dos despachos sempre-os-mesmos, da burrice de alguns colegas satisfeitos com sua função gratificada, sem perceber a inutilidade social que nasce da subserviência. Não! O ricochete de um rotundo Não! ressonava dentro dele, prestes a estourar, erupção vulcânica de anos de imposto comedimento, agora transformados em vindima alucinatória. Estava cansado da rotina, de ser reprodutor mal-remunerado de pareceres e expedientes redundantes na bovina e sem perspectiva ambiência funcional. A cidade administrativa: Washington desdentada; Londres na terceira idade. Tudo era uma prisão, um desencanto, uma escolha do destino, que lhe impunham amargo ritual ao longo dos anos, agora transferido para o território do desgosto íntimo, lá onde se concentram todas os recalques, cismas, frustrações, vinganças e autoflagelo espiritual. Queria ter o destino da caliandra, que sabe florescer, viçosa, em meio à ditadura da seca do cerrado.

A cidade não (o) tolerava mais. Um mútuo ressentimento parecia construir um muro de retórica antipatia, como uma força centrífuga dilatando o sofrimento e era preciso correr, gritar, mas tudo parecia com uma serpente a morder o próprio rabo.

Bebeu ainda um pouco mais do ar quase rarefeito daquela hora, vizinha da noite, em que a decisão amadurecida só precisava encontrar a praça em que o golpe de misericórdia fosse a exortação mais consciente do acerto de contas. No horizonte, circundado por uma névoa seca (nessa época de baixa umidade do ar em Brasília, as partículas de poeira precipitam-se, formando um cinturão róseo-pardacento a envolver a cidade) ele infiltrava seus olhos, com a vontade de perder-se para nunca mais no infinito penumbroso. Feria-se com o mundo à sua volta, com a realidade pungente e tudo o mais em derredor não lhe apetecia.

Os carros oficiais circulam imunes ao seu tormento ambulante, cadáver antecipado.

Já não dava conta de si, perdendo-se no emaranhado de outros automóveis que circulavam já, à farta, por aquelas bandas, confuso, dilacerado, ziguezagueando sem rumo, acompanhado de sua solidão hereditária. De um veículo chapa branca que passava por aquele quadrilátero da burocracia, que um dia foi palco do movimento das *Diretas já* e ressonância das vozes pelo *impeachment*, ele percebeu a vinheta de *O Guarani*, de Carlos Gomes, abrindo a chatíssima *Voz do Brasil*. Dividia com *o tempo presente*, com *os homens presentes*, com *a vida presente* a sua pressa: horário em que nas repartições públicas, nos ministérios, nas autarquias e outros órgãos o funcionalismo voltava de mais um dia de serviço (quem sabe, a maioria não se sentia como ele: sem-lugar, assalariado, desidioso, apequenado pelas circunstâncias, habitante de um dos tantos pombais iluminados que são os blocos residenciais iguaizinhos espalhados pelas superquadras) e ele nem se dava conta de que na noite que acabava de chegar, o fluxo vertiginoso de faróis a empalidecer o asfalto refletia menos que sua dor íntima. A noite havia se inaugurado nele há mais de três décadas e só agora se deu conta do *black-out*.

O homem que fugia. A terra dos cansaços. Do canibalismo funcional. Terreno movediço aquele, onde a satisfação durava menos que o desejo e o que lhe movia era o incompreensível, vindo do escuro e fundo universo de suas dúvidas. Teseu e Minotauro redivivos se digladiando. Sísifo se repetindo. O fígado comido pelo abutre renovando a sua dura e prometeica lida. A permanente contingência de labirinto e fossa. Condenação kafkiana em tribunal interior. Despenhadeiro psicológico tornando frágil a sua relação com o mundo. No fundo, a sepultura dos sonhos. Contemplar lá atrás o passado latejando e ele convulso sobre campos desidratados, o feudo da solidão.

Estava farto do homem politicamente correto encubado em si. *Esses anos todos*, teria pensado e não coube em si de tanta insatisfação nesse acordar (tardio?). Uma leitoa solta em plena cidade proibida. Idéias madurando na sua cabeça. A vida com algemas não tinha sentido. O tédio dos domingos chuvosos. Da macarronada e do frango assado comprado na padaria da 103 Sul. Do holerite magro todo dia cinco: odisséia financeira para suportar o mês. Do câncer que não veio. Da vida carimbada pelo diabo. Da extorsiva mediocridade. Da cooptadora alienação.

Só tive tempo vê-lo rasgando a noite, como um lâmina, em direção a outra escuridão, e ouvir o grito surdo de um estopim metálico.

Depois que Isolino embrenhou-se derradeiro pelo cerrado em torno da Vila Planalto, já engolido por um silêncio trevoso e sem testemunhas, meu copo já estava vazio pela quarta vez e o sujeito que bebia ao meu lado desapareceu.

Durante vários dias vasculhei os jornais e nada encontrei.

A MARCA

Depois fica a marca. Depois fica o medo.
E depois fica a vida com seus dedos quebrados
tateando um mapa na tentativa de esquecer.
Álvaro Alves de Faria

Lembrou-se de um sábado escuro e malfazejo em que a vida tinha lhe preparado uma triste recepção.

Naquele dia, havia recebido um telegrama: "Seu pai morreu de madrugada. Venha logo. Enterro amanhã, às quatro horas". Curta e grossa, a mensagem da mãe não tinha o menor sinal de dor, como se cumprisse um dever social como outro qualquer. A viuvez parecia um prêmio.

O caminho entre a Capital e Santa Rita não passava de trezentos quilômetros, mas a agonia o prolongava a um deserto intransponível e poeirento. O percurso delineava uma paranóia: W parecia não ver terminada a película da vida que rodava em sua cabeça. Seu rosto vagava e invadia o horizonte com olhar perplexo.

A cada lembrança, era o susto na descoberta do filho que poderia ter sido e não foi: a vida em si mesma mostrando o lado improvável, o que deixou de ser e que agora era irrecuperável. "É preciso amar as pessoas como se não houvesse amanhã". A música de Renato Russo guilhotinava sua consciência. O trajeto multiplicava-se ao influxo das migalhas de seus remorsos interiores.

A sala do sobrado (estaria cheia de gente velando o corpo do Seo Onofre?) não teria mais as tardes de crochê e conversas em que a mãe falava sozinha e o pai, sempre ausente com seu silêncio e suas fugas psicológicas, fazia ouvidos moucos. As poucas lembranças do velho levam-no à sapataria, onde via uma bíblia sempre fechada na prateleira dos calçados consertados e o pai dando ordens e nenhum carinho. Só abria a boca para reclamar de W e nunca um agrado ou um aperto de mão (quando muito, um sorriso comercial); nunca um abraço a circular-lhe os ombros ou um beijo na face. Sempre uma distância e um olhar difuso, em que o pai parecia gravitar em outro mundo.

A única companhia durante anos naquela infância insossa era a do papagaio do verdureiro Eusébio, que fugia do quintal lindeiro para a laranjeira perto do tanque dos fundos. Lá, W conversava a perder horas com a pequena criaturinha, ensaiando-lhe pequenas melodias que ele depois repetia em alto e bom som. *Esse papagaio parece uma maritaca, tira isso daqui, menino, me deixa em paz.*

A sua alegria estava fora de casa. Longe da mãe apagada, do pai omisso. De Corina, a empregada autoritária, que, mesmo de mau humor, ainda prestava-lhe alguma atenção. Da tia doente da cabeça, que só tinha seu pai pra cuidar. Do irmão que não quis saber de nada e vive pelos cantos. Da mais velha que casou e foi viver em São Paulo.

O quintal da casa da tia Honorina, no outro lado da cidade, que ia até a beira do rio, de onde contemplava as canoas dos tiradores de areia, parecia dar-lhe lições de despedida. Lá ele gostava de ficar, nas raras vezes em que a mãe ia visitar a irmã mais velha. Partir estava dentro dele. Coração partido, corpo apartado, muitas vezes sentiu vontade de mergulhar no rio Pomba e deixar que as águas o levassem leito abaixo: Aracati, Vista Alegre, Santo Antônio de Pádua, São Fidélis... o Atlântico. A imensidão o atraía e preferia perder-se no mar continental a viver enclausurado e ocioso nos contrafortes de sua casa. Era a oportunidade de fazer o que queria, como naquela manhã de 17 de dezembro de 1977, já adolescente e leitor compulsivo, em que sonhou ir ao Père Lachaise para visitar o túmulo de Baudelaire, mas teve que se contentar em acompanhar o amigo depressivo ao cemitério de Leopoldina, onde se sentaram na lápide de Augusto dos Anjos e declamaram poemas. Paris parecia longe. Mas, se hoje mergulhasse naquelas águas no fim do quintal sem as amoreiras de antigamente (ah, nem o quintal era o mesmo: sem o chiqueiro, a casinha do Rex, os varais em que Zenaide, todas as tardes, pendurava as roupas para quarar, o canteiro de cebolinhas, onde urinava, por preguiça de ir até o banheiro, os pedaços de pneu velho em que a mãe plantava rosas miúdas, o mofo e as heras cobrindo os muros...), ainda seria a hora, poderia pelo menos duelar com seu destino imposto e sair de braçadas contra ele.

O cortejo já estava perto da Ponte Velha, quando W desceu do ônibus perto do Clube do Remo. A maleta com poucos pertences parecia vacilar em suas mãos trêmulas, ele estacado ali, olhando como um estranho, e não sendo visto, o séqüito passando silencioso, aquelas cabeças sob guarda-chuvas solenes protegendo-se do sol da tarde tórrida. O som dos passos entreverados dos acompanhantes parecia impingir-lhe uma melodia surda. A sensação de impotência caminha com ele no breve e angustiante trajeto entre a calçada e o centro da rua, onde o caixão avança em marcha fúnebre, conduzido por umas pessoas desconhecidas. (W tinha ojeriza a papa-defuntos, necrológios, panegíricos, encomendas religiosas e orações à beira do túmulo). Ainda não tinha sido reconhecido. A mãe enlutada, enfeixada por uma roupa escura, apertava o lenço contra o nariz, limpava os olhos que marejavam debaixo do véu. Contemplava, de braços dados com a empregada de três décadas, o carrinho da funerária com seus pneus que dançavam sobre os paralelepípedos. Não tinha visto o filho. Decerto, em seus pensamentos, amargava a possível ausência. Enquanto isso, cenas turbilhonavam em sua cabeça que procurava alcançar sobre as outras um ponto de fuga. Lembrou-se das poucas vezes em que ele e o pai foram juntos à matinê no Cine Machado assistir às incontáveis reprises de Peter Pan e Mazaroppi, seus primeiros e inesquecíveis filmes. Depois, o carrinho de pipoca numa das pontas da praça, a volta para a casa, descendo a rua da Estação até a fábrica velha, depois subindo a rua do Senai até o fim. Não se recorda de nada mais ameno, a não ser as ranhetices de dona Aurora, as cobranças de seu pai, a proibição de brincar com o vizinho (*filho da Leninha, a desquitada*). *Cuidado, que a mãe dele não é boa bisca, o que vão falar da gente?* cansou de ouvir. Não, não queria ficar remoendo essas coisas, mas, inevitavelmente, as lembranças vinham, resistentes, apesar de tudo, como se algo tivesse detonado os arquivos secretos do passado esmiuçado de forma desagradável num momento daqueles.

Quando o acompanhamento estava subindo o morro da Industrial, W foi notado, entre frieza e distância. Primeiro, a descrença, a palidez, a muda troca de olhares entre parentes e circunstantes. Tristes e desérticas, as pessoas diziam palavras convencionais. Depois, o abraço em soluços da mãe, sob às vistas ressabiadas dos mais próximos. Não disseram nada, apenas os mútuos braços inermes que se envolviam, no último adeus a quem chega ao seu momento, sem que despertasse outras sensações, senão a óbvia tristeza da partida, da perda, e nenhuma outra menor comoção. Dever cristão – era isso o que sentiam mãe, filho, empregada, e o irmão, sempre alienado e ainda sem esboçar uma mínima crispação na face.

Diante da via estreita que divide a longa esplanada de sepulcros, um quadro de geométricas solidões. Seus olhos abismam por aquela realidade que nos espera um dia, além das frivolidades da alma, das lutas insondáveis do espírito. O choro não vem, a angústia encalacrada, o movimento lento de sua cabeça contorna em derredor da campa, onde dois coveiros entrelaçam as correntes para descer o esquife, entre movimentos das mãos para expulsar as moscas e o cheiro de cravo de defunto. Hora derradeira. De crepúsculo selvagem. De solidão e inércia da carne morta agora encubada numa gaveta fria e numérica. De perguntas não respondidas. De nós não desatados. Do perdão que nunca foi construído. A vida nada diferente dela mesma, pensou.

Alguém fuma um cigarro, enquanto o caixão desce esbarrando nas laterais e pequenos tufos de terra vão sujando a tampa, que não foi aberta para as últimas despedidas. Ao ver a fumaça circunavegar sobre as cabeças paralisadas diante do último ato, ele imaginava a vida se evolar sem deixar vestígios. Aos poucos, as pás de terra e cal vão se misturando às flores quase murchas atiradas na cova. Lembra-se da única vez em que o pai o abraçou na vida: quando o irmão caçula foi enterrado naquela mesma sepultura, depois de ter sido esmagado pelo caminhão de areia do Agenor, que adentrou o portão da obra enquanto ele, em meio aos tapumes e restos de concreto, brincava de engenheiro e construía uma cordilheira com tampinhas de refrigerante, quando ainda moravam na pracinha do Rosário, numa casa cuja construção não acabava nunca.

Até hoje a mancha de sangue no cimento é uma marca que não se diluiu. Dói-lhe com uma angústia crescente, redundante, a inscrever-lhe uma culpa irremediável. Foi ele quem mandou Serginho ir brincar nos fundos, para não incomodar a mãe que preparava o almoço para os peões.

Concerto para arranha-céus

Meu tempo é minha contradição.
Antônio Torres
"Um cão uivando para a lua"

Lição que se repete a cada dia, para em cada um deles tornar-se irreconhecível: a cidade se converte na selva monolítica e gelada: matéria e circunstância para os psicanalistas. Uma geografia sinistra nesse ambiente retórico de fumaça e decadência. Fuliginosa é a manhã que, em vão, aguardam esses seres ressabiados ouvindo som digital em seus tronos sobre rodas, de onde vêem menores esgueirando-se entre os automóveis fazendo o pregão de bugigangas, frutas e balas. Desmelodia para os tímpanos, arsenais de vozes e ruídos cambiantes se sucedem numa solenidade improvisada. Azáfama. A fera enjaulada na solidão de muitos ninguéns. Encapsulados em suas estações de trabalho, respondendo *e-mails* e aos chamados sucessivos nos celulares, muitos deliram na miséria recalcitrante de cada dia. Ruas, avenidas, becos e vielas não escapam à aquarela insólita: artérias de cinza e enxofre, canais divergentes onde fluem rios de vivos-mortos que se entrechocam e não se olham. Orquestra de motores. Babel de tipos com sua artilharia de inquirições: engravatados, bêbados, mendigos, *office-boys*, entregadores de pizza, despachantes, funcionários públicos, prestadores, garotas de programas, michês, camelôs, desempregados, condutores de vans, diabéticos, cancerosos, soropositivos, gente que passa em meio à pressa febril de tudo urgenciando as coisas. A lógica veloz, tumultuária e vulcânica, de todas as necessidades impedindo detectar a mínima parcela de consciência nos movimentos e de realidade nos sentimentos. Os edifícios formigando gente na monotonia das tarefas miúdas e enfadonhas. Essa longa convulsão de anonimatos e repetições, meus olhos em seu verde espanto, pulsações de auroras que não vingam, turismo de urubus sobre lixeiras, *fast-foods* cheios de pessoas vazias, gente como feras se nutrindo do inservível, escafandristas da solidão mergulhando diuturnamente na cidade abissal, bancários bovinizados, o câncer comendo silencioso o homem que alimenta os pombos na praça em frente, um cemitério de sons confusos, os trens do metrô: serpente sempre igual sem sair dos trilhos impondo aos usuários o tédio que passa veloz como uma película sem fim de nossas vidas apoucadas. Poluição de semáforos disciplinando o mar convulsivo de animais metálicos e assembléia de pedintes sobre o asfalto latejante. No abril em que me espelho, o amor parece sair de moda, pois inusitado é o casal entre beijos na faixa de pedestres, a metrópole regurgita seus fantasmas, labareda e carnificina nos rostos pressurosos das pessoas. Um homem limpa a boca na camisa e tenho a sensação de ter chegado a um final de festa. Somos feras intangíveis nessa coreografia de degredos, na imodéstia do perigo e da morte. Nas igrejas, transformadas em mercados de uma fé delirante e uma espiritualidade chantagista, com seus padres *super stars* e pastores eletrônicos que aleluiam pelas tevês e praças públicas com uma retórica tediosa e melodramática, muitas vezes escamoteando suas vidas dicotômicas (divididas entre a ereção e a oração), nesses verdadeiros *shoppings centers* da salvação onde se impõe a teologia da prosperidade e traficam a felicidade a qualquer preço, vejo a angústia dos que entram desorientados e saem sem saber para onde vão. As virilhas engomadas por espermas clandestinos dos que vivem o rescaldo de pantagruélica melancolia ensinam mais que todas as ideologias. No mundo político e econômico, entre o canibalismo de uns e o terrorismo de outros, o neoliberalismo e seus fetiches (a canalhice e seus fantoches) vão construindo seus túmulos num país sem memória, cemitério dos vivos. Não sobra nada da guerra diária. O que quero ressuscitar nisso tudo? Um faixa de gaza urbana com sua artilharia torpedeando ouvidos e emitindo certidões de óbito. Caminhos e descaminhos bifurcam-se nesses ermos modernos –

centopéia de mil pés – que Dédalo projetou essas entranhas? Procuro a saída, antítese de tudo isso e me vejo só. Como inventariar o caos nesse difuso concerto para arranha-céus?

História comum

Eu, eu posso falar do inferno!
Geraldo Lima
"Limbo"

Mal rompeu a manhã, Dasdores chega em casa do serão, depois de comer o pão que o diabo amassou naqueles teares da Manufatora. A noite inteira foi um suplício: *mato ou não mato aquele desgraçado?* A vida besta demais para um desagravo assim tão derradeiro. *Cachorro!!!* Quando um não quer, dois não brigam, dizia seu velho pai. Nem filho arranjou, era nova, podia arrumar outro homem, ouviu do Abdias contramestre naquela noite. *Esquentar a cabeça com o Osvaldo? Não merece sujar minhas mãos. Aquele traste já nasceu torto.* Decidida, entrou de manso-mansinho, apagou a luz da sala, ele dormia ainda com o cheiro da cachaça da noite anterior, pegou as malas e picou a mula. Quando deu meio-dia, o indigitado pulou da cama esfregando os olhos, a ressaca tinindo em seu fígado, a boca amargando e um vazio enorme dentro de casa. Dasdores estava bem longe.

Exílio

... é uma tróia perdida no meio da cidade, a que eu inventei para deambular num cavalo insosso. além do círculo de giz não passo, porque criei a cidade contra a cidade, a minha cidadela excluindo a metrópole envergonhada, a urbe seletiva e parasitária. apartheid e extinção. o onze de setembro é aqui. ilhados, pavorosamente ilhados, tentamos des(a)fiar o fio de ariadne, derrubar o cárcere monolítico da geografia insana desse lugar (...) por isso não vou a lugar nenhum além dessas margens que nos confinaram, campo desidratado onde o homem não vinga... prometeu acorrentado e sem reconciliação nesse aclive labiríntico, entre a cama e o comício, rejeito teseu, o minotauro e a cópula do pfl. lanço-me à hercúlea maratona da fuga, sem favores do diabo: sísifo (de que latitude?) em renovado desassossego.

Quadrilha

Cataguases, 1982.

... quando eles ganharam as eleições, prometiam mundos e fundos. deixaram-se ver os fundos. chegaram à cidade em carruagens demagógicas conduzidas por serpentes de bile e vasta alimária destilando rancor e fezes. como moisés ressuretos, exibiam sua lei e instituíram a política da terra arrasada. o mundo era outro. no sexto dia, fevereiro em chamas, seis balaços calaram o vereador arrogante. o lugar foi ocupado pelo escroque do vale do paraíba. turiferário animal dos gabinetes. quasímoda figura em lua-de-mel com a cidade que o viu defenestrado na calada da noite, ainda nos tempos negros da ditadura. e foi merda em cima de merda. de novidade, nem um palmo. velhacarias. esgar. cinismo. narciso sem perspectiva e às avessas. doutor videiras tolomor olhava-se no espelho de tantas anos de esperteza política [foi do mdb, depois da arena, da arena 1-2-3, do pmdb, do psdb, do ptb, do prn, até desaguar no prtb do famigerado caçador de mara(cu)jás de alagoas] e foi nas águas sujas do meia pataca que tentou construir um outro espelho. mas águas turvas não refletem imagem. no fim, nem os votos para síndico de condomínio. nem para garçom de zona, como se costumou dizer entre os aposentados que dão milho aos pombos na praça rui barbosa. esgoto só atrai detrito, confidenciou-me o velho olício no bar do zizinho, depois de uma faustosa feijoada regada a pinga de alambique.

Enfim, a justiça

: o sexagenário asdrúbal velho de guerra, vendendo laranjas na praça da fábrica de tecidos, com suas feridas na perna e suas lembranças do tiro-de-guerra, nunca esqueceu aquela tarde cinzenta de agosto em que o advogado arrogante (o homem dos cabelos cor de prata que, na voz do tito rodriguez, até dava para acreditar que era santo) chegou com os oficiais de justiça em sua casa num porão no beco são josé – o pouso alegre era uma pobreza só – e com ordem de despejo foi retirando tudo e jogando na calçada, no meio da rua, enquanto os vizinhos calados diante da execração eram dor e solidariedade. asdrúbal não esqueceu o filho no bucho da patroa, o do meio com o catarro escorrendo pelo nariz, os gêmeos sem entender nada e a voz do cobrador de aluguéis maior que o sentimento: *o código civil é claro, despejo por falta de pagamento* a letra fria da lei acima da justiça e o mundo desabou sem ter para onde ir, muitos dias sem ter cabeça para voltar para a pracinha e vender laranjas em seu tabuleiro improvisado sobre a bicicleta, o porão esvaziado, um coração cheio de ódio e ruminando aos sete mares *mais tem Deus pra dar que o diabo pra tirar, não sabe o dia de amanhã esse disgramado...* nem precisou esperar tanto, o menino remelento foi estudar no senai, o que estava para nascer, mais tarde foi estudar à noite no colégio estadual com bolsa de estudo concedida pelo doutor geraldo, a ferida da perna era menor que a da alma, mas sua vingança foi a justiça divina e depois que naquele fevereiro seis balaços quedaram a fera dos inquilinos, ele levantou a mão e disse *é Deus no céu e Luquinha na terra.* o que ele não pôde fazer naquele dia lá no beco, premido pela vergonha e pelo consolo dos outros, o ex-coveiro demitido pelo vereador o fez literalmente.

Gol(p)e de misericórdia

} em pleno carnaval, viu que a vida não dava mais samba, tentou ainda fazer de tudo para suportar o caos. domingo, enquanto a mangueira desfilava no sambódromo, ele deixou o copo pela metade numa das mesas do beirute saiu sem rumo por debaixo dos blocos da sqs 110 atravessou a w-3 sul – aquela artéria comprida e solitária como são os fins de semana em brasília – a avenida se abriu como um ventre – e chegou até as casas geminadas da higs 711, viu cassiano nunes sentado em sua varanda de paredes furadas lendo o correio braziliense, volveu, absorto, rumo à cultura inglesa e foi assistir a fanny e alexander enquanto o "pacotão" em algum lugar da cidade fazia o seu carnaval. voltou sem saber pra onde ia (o dia estava para truffaut e fellini) e no apartamento da 310 sul juntou as cápsulas de gardenal e num gole só saiu dessa e virou história. quando a mãe chegou, viu primeiro as cartelas vazias de gardenal e um cd de renato russo tocando no aparelho de som {

Aqui se faz, aqui se paga

..., lembrou-se da humilhação da mãe, dona georgina mirthes, viúva, que entra-ano-sai-ano não largava o tanque, e estava na mira do indigitado e arrogante cobrador de aluguéis e sua eloqüência canina, sem piedade ou consideração sendo colocada no olho da rua, ela não tinha de onde tirar, os filhos passando dificuldade, mas tudo isso um dia foi reparado pelas mãos iradas do profilático Luquinha...,

Pau que nasce torto,

o nome dele começa com M. com "m" de merda elevada à enésima potência. ouvi essa preci(o)sa definição no balcão do café mulambo. dali da tribuna do disse-me-disse, até as imediações da padaria cabral, na esquina do pecado, o sujeito saiu repetindo a frase: *...com "m" de merda elevada à enésima potência.* fiquei imaginando como um sujeito assim pode angariar tanta antipatia. até do *pantinhas* e do *kankan.* do *instalação trocada* e da *laura-da-charrete.* da dona *alice bundona* e do *mané pega-onça* com seu quilométrico bigode de alagoano foragido. pensavam que eram só os credores em são josé, ou o dono de um comércio no jardim satélite, em que ele deu o cano, ou o time de futebol que levou o gol contra nos tempos em que se metia a golbery municipal quando o doutor quincas bevy meteu a mão nos cofres públicos (seu parceiro na derrocada administrativa naqueles distantes fins dos anos 70 nos contrafortes do vale do paraíba), mas a fama era tão grande quanto a distância que separa nova iorque de cataguarino. trouxe não só a fama, mas os modos, de devedor recalcitrante. atravessou fronteiras com seus rompantes jornalísticos de bedel no *pasquim.* vergonha da política local. a única coisa boa que realizou na vida, disse-me a prostituta glória vanderley, que o desmamou na *casa branca,* é um discurso que fez em 65 à beira-túmulo, quando o doutor nicácio deixava esta para melhor. um homem não pode ser lembrado pelo prejuízo que causa aos outros: ouvi isso do sempre filosófico eulálio, que não tinha estudos, mas sabia de um tudo e dava sua real sobre todo mundo. descrevia qualquer canalha com a mesma habilidade com que einstein demonstrava como chegou à teoria da relatividade e com a mesma agilidade com que o velho lysis brandão confundia nossas mentes para explicar por que todo número elevado a zero é igual 1. assim foi que, num fevereiro em que a cidade nunca esquece, quando o luquinha tirou de circulação o homem dos cabelos cor de prata, ele (o filósofo da cidade) não deixou pra menos, e cravou: *perdeu bala demais com um homem que não valia uma.* e tinha outras que ele acertava na mosca. sobre o irmão do indigitado, o que desde cedo tinha a cabeça em outros mundos e os lápis de cor pintando o sete, ele não cansava de repetir *dá gosto de ver ele, paga sempre em dia, é a ovelha branca da família,* e faz umas capas de livro que são uma beleza, *mas uns irmãos tão desacreditados, meu deus...*

Os bons & os maus

... no enterro do milton peixoto ele estava lá. no do *mário da redação*, também. com seu jeito esgar. com seu cinismo flatulento. com seu escárnio de algoz orgiástico. com as suas máscaras, suas patranhas e seus piolhos morais. depois de ter levado o antecessor aos tribunais, levianamente acusado por força do revanchismo, foi ao velório para fazer discursos. o mário também estava descendo à cova (depois de ter sido humilhado administrativamente pelo alcaide-mor). minutos antes, teceu loas na capela mortuária, como se nada tivesse acontecido. os que estavam lá, viram a sua falsidade com certificado *ISO 9001*: toquinho, washington, mauro sérgio, sebastião. os canalhas não se lembram nunca do mal que fazem. galba teve que despistar a intimação com uma internação no pronto cordis, senão teria sido preso para delírio de narcizo tolomor. crime: umas coisas inventadas na usina de maledicências do velhaco prefeito, teria dado incalculáveis prejuízos aos cofres municipais. nada se provou, galba foi solto. e milton e galba, inquinados de vendilhões do templo e traidores do erário, saíram da prefeitura mais pobres do que entraram. e *mário da redação* e tanta gente que pagou o pato, foram para o outro lado sem dever a ninguém. os que estão vivos (mas muito mais mortos do que aqueles), engordam a estatística dos pulhas. político decadente, havia perdido a eleição para deputado estadual com pífia votação, depois de malsucedida e rumorosa passagem pelo ipsemg e por uma secretaria estadual, o canalha estava lá, acompanhado de triste e envergada figura, conferindo mais uma baixa. encenação.

WWW.GENTEORDINARIA.COM.BR

a Emerson Teixeira Cardoso

ENTER

> Notícia nada alvissarreira de um ditadorzinho municipal, sua cangalha e seus canalhas ou novelinha ordinária sobre gente bem mais. Excrementos políticos de um velho tempo.

Não fosse a euforia inversamente proporcional à vitória minguada para a chefia do Executivo de Curralópolis e o flatulento Narciso Mefisto Videiras Tolomor teria previsto a tragédia de seis dias depois, quando seu *braço direito*, o advogado caga-regras, seria despachado desta para melhor por seis balaços disparados pelo profilático Luquinha. Até hoje Tolomor não se conforma de – *ironia do destino!* – ter visto seu mandato inquinado de sangue pelo ex-coveiro, recém despedido pelo todo-poderoso e arrogante Pascácio Lorpa, egresso da antológica Faculdade de Direito do Largo de São Francisco.

Em Curralópolis, menos de uma semana depois de ter assumido o Paço Municipal, Tolomor e seu escudeiro-mor, Vivaldino Quasímodo, deram as cartas para o que seria um novo tempo no antigo arraial de Santa Rita de Duas Pontes.

Com seu *pince-nez* comprado num camelô do Largo da Carioca, Tolomor inaugura seu reinado de seis anos prometendo mundos e fundos, sob a chancela de um discurso moralista e arrebatador, como um Lacerda empunhando uma lata de DDT, levando ao paroxismo seu projeto nefelibata de varredura do que ele chamava de "entulho do moreirismo" (uma alusão aos Moreira, que por quatro décadas dominaram o município) e com a empáfia repugnante dos ditadores vinha, em nome da lei e dos bons costumes, dizimar os últimos resquícios do *ancièn regimen* municipal e seu novo grupo traria boas novas e um tempo de prosperidade.

Canalha travestido de Vestal, depois de passar em revista à tropa de puxa-sacos e catredáulicos, seu primeiro ato foi a publicação no hebdomadário oficial do *Index Municipalis*, a temida lista de proscritos, onde constavam nomes de funcionários da prefeitura contratados pelo ex-prefeito e pelas administrações passadas, os quais, por não rezarem na nova cartilha, deveriam receber um solene pé-na-bunda, abrindo vagas para albergar os afilhados da nova elite dirigente, eleitores e correligionários, os antigos e os de última hora.

O moralismo de proveta, o farisaísmo de encomenda, o puritanismo de algibeira aliado à sede pelo poder fizeram da troupe narcísica um palco de misancenes, a ponto de nos anos de governança, enquanto o chefe despachava no sobradão da Praça, seus assessores tomavam porres homéricos no Chuá e deixavam contas penduradas em nome da tesouraria da prefeitura.

Pela manhã, no segundo andar do Curral da Edilidade Municipal, onde se acotovelavam os convidados para a posse formal, o juramento com pompas e circunstâncias foi acompanhando pelos novos vereadores, na maioria piocas e semi-analfabetos que chegavam ao olimpo do legislativo local dentro de um clima de triunfalismo, de devotado servilismo, apesar da fatídica experiência que viveriam nos seis anos seguintes. O discurso, após empossado pelo Curral dos pífios edis, transmitido – naquele longínquo 1983 do século morto – pelas reverberantes caixas de som da Rádio Difusora Municipal, com suas ramificações sonoras alcançando a Praça Rui Barbosa, a Rua do Comércio, o Largo do Rosário e a estação ferroviária (onde carroças de aluguel se enfileiravam entre poças de urina e fezes de cavalo), parecia uma peça de retórica de fazer inveja a um Catilina. Entre um e outro parágrafo, o novo prefeito tomava fôlego e numa biliosa oração e espiritualmente sifilítico, convocava o povo – a quem ele chamava de "operários da reconstrução de Curralópolis" – para uma cruzada pela restauração física e moral da cidade, deixando escapar todo seu enzimático rancor contra os derrotados. Depois, já na sede da Municipalidade, nem bem havia terminado a solenidade de transmissão do cargo, Tolomor, um Hitler reciclado e exibindo no seu peito inflado de vaidade e nicotina uma faixa azul e branca e na mão esquerda a chave da cidade, dirigiu-se ao povo pela sacada do Paço, transformando-a em blasfematório, e em vômitos de impropérios, inicia a execração do ex-prefeito e de seus assessores, prometendo vasculhar o passado, o presente e o futuro dos que deixavam o poder. Estava instalado o seu estilo mussolínico e imperial de comando e lançadas as bases de uma corrente política formada por antigos desafetos, novos convertidos e tradicionais oposicionistas do governo municipal, estadual e federal, além de uns papagaios-de-pirata e outros puxa-sacos de ocasião. Aqueles que um dia sofreram nos porões da ditadura e comeram o pão que o diabo amassou nas mãos dos mandatários locais – como o farmacêutico Caliostro Nogueira, o eletricista aposentado Denilson Vale Verde, o advogado Pascácio Lorpa, o bancário e ex-dirigente de associação da Vila Creoula, Centinho Lemge, o barão do comércio de combustíveis Macário Lessa, o ex-vice-prefeito da administração anterior Iscariotes Mármore, e outros adesistas de última hora – conseguiram alcançar o alto trono político e rendiam loas ao novo deus na viciada política curralopolitense.

O *coice no passado* era o que representava a nova gente no poder, respaldada pela arrogância congênita do titular do Executivo. Diziam os seus mais chegados. Viviam uma espécie de lua-de-mel com a oposição no poder (aquele poder que um dia Kissinger disse ser afrodisíaco e fonte de outras ambições) e o estilingue transformado em vidraça fazia a festa em todos os quadrantes da cidade, num espetáculo de exacerbada comemoração. No Bar Elite, reaberto pela nova camarilha, e sob as vistas grossas do delegado e das demais autoridades, cocaína era servida em bandeja de prata importada do

Peru, ao lado de legítimo uísque doze anos e umas trouxinhas de "baseado" especialmente encomendada por Devil Lam, filho problemático de um falecido e controverso escriba, um rapaz que, mais tarde, se transformaria em príncipe da antipatia, iria viver de favores imobiliários, construindo uma rede de desafetos em função de suas idiossincráticas posturas diante da vida e das pessoas.

O enxundioso e adjetivado discurso de posse teria perdido o brilho se não fosse uma atitude de última hora do cerimonial, em convencer a Liga Esportiva Municipal em transferir para a noite a partida decisiva do campeonato municipal, o esperado certame entre Manufatora x Operário, no Estádio das Palmeiras. A cidade parou para ver a posse. Mas o que viram foi a pose dos que já, naquele dia, colocaram as manguinhas de fora, com um rancor frenético à flor da pele, como o famigerado Vivaldino Quasímodo na comissão de frente do novo tempo. Até as putas da Casa Branca e da Ilha suspenderam as atividades (aliás, boa parte dos fregueses das "fornecedoras" integravam o secretariado a ser empossado por Tolomor), algo que não acontecia desde que a cidade fechou as portas para socorrer as vítimas do tiroteio da extinta Rádio Municipal, na distante década de 50, quando um confronto entre a UDN e o PTB fez algumas vítimas inocentes e um turco babaca e afeito à exploração do jogo do bicho, da cafetinagem e da usura acabou pagando o pato para não enquadrar certos figurões da conservadora e burguesa política da época.

Em frente ao Café Mulambo, na esquina do Calçadão com a Praça Central - tradicional reduto do disse-me-disse, território de boquirrotos, Matildes, Natércias, Cassandras, Madalenarrependidas e Verônicas tupiniquins – curiosos e desconfiados assistiam à tevê em cores instalada acima da caixa registradora e perdurava um clima de confraternização, em confronto com a exasperação de alguns correligionários do Dr. Celmo Cerdeira, que perdeu para Tolomor por cento e poucos votos. Entre o otimismo de uns, misturado com a ressaca eleitoral de outros, à revanche dos derrotados, a atmosfera encontrou seu auge na boca do pinguço Adroaldo que, sempre de olhos atentos à realidade e com veemência etílica, disparou:

"Viva Tolomor! É o fim da epidemia dos Moreira". No melhor estilo Nezinho do Jegue, personagem do extinto seriado "O bem amado", Adroaldo resumia o sentimento de boa parte da população, que acalentava o sonho de a oposição chegar ao poder.

- Mas, que oposição salafrária! - resmungou dona Dionélia costureira - que trouxe de volta esse mau pagador, que ficou tanto tempo escondido em Campos de São José. Até hoje ele está me devendo o uniforme que fiz quando ele entrou para o Coronel Vieira.

Curralópolis era um local bucólico, onde as pessoas viviam sem sobressaltos. Diziam que era a sucursal do paraíso, antes do traslado da camarilha de Tolomor e Quasímodo do Vale do Paraíba para a Zona da Mata.

O povo babava diante da retórica de Tolomor, que, com sua oratória recheada de proselitismo, sua estúpida vaidade e uma volúpia demagógica, só conseguia enganar os idiotas de plantão, subsidiários da carolice política de Vivaldino Quasímodo, cuja obediência cega e submissa a Tolomor já era percebida desde quando foi nomeado caixa-de-campanha, tendo ido angariar dinheiro sujo em São Paulo, sobretudo de empreiteiros e gente ligada ao baronato da construção civil, uma casta de predadores dos erários municipais, sempre pronta a vencer a qualquer custo licitações municipais, estaduais e federais e em Curralópolis isso ficaria muito evidente, pois Quasímodo era testa-de-ferro dessa gente, depois de ter feito escola na época em que foi o polêmico, complicado, alvejado e questionado assessor de Quincas Malacqua, nos tempos áureos da prefeitura de Campos de São José, nas barbas do malufismo.

O discurso de Videiras Tolomor, uma suntuosa hemorragia de idéias extravagantes, uma cascata de promessas irrealizáveis, levava o povo humilde ao delírio e - *pereré pereré, pão podre* - deixava a nova oposição boquiaberta, mas os de consciência e pudor sabiam que aquele exercício palavroso combinava muito bem com o jeito esgar e cínico de Tolomor, um sujeito afeito aos tapinhas nas costas, às demonstrações insinceras de amizade, ao deboche, ao troca-troca de favores, ao balcão de negócios (onde, com sua lábia e um aprimorado senso de cooptação, enganava até os mais resistentes ao seu canto de sereia), mas tais atitudes só mesmo convenciam os pequenos, os seus apaniguados, os correligionários e algumas matracas encarregadas de reproduzir *ipsis litteris* a sua cartilha, que tinha como signatários, além de Tolomor e Quasímodo, o Bufão retratista (dizem que ele gosta de ser chamado de repórter fotográfico, pois tem vergonha de revelar que aprendeu a profissão em curso por correspondência do Instituto Universal Brasileiro), o Caliostro do banco (ex-gerente do Banco Estadual e investido de líder comunitário na Associação dos Moradores da perigosa Vila Goela Seca, reduto de traficantes e malandros) e algumas "señoras" da sociedade, que, segundo as alcoviteiras de plantão, são aquelas que nas horas vagas faziam a festa na ante-sacristia do Padre Lindoso.

Em sua pérola "irretorquível", corolário de demagogia e cinismo, que já durava quase 3 horas sob o sol inclemente da Praça da Matriz, Tolomor chegou, anedótico, ao desplante de terminar a sua peça, lendo como seu, um poema da lavra do saudoso Noel Delamare:

Não me lamento porque canto,
faço do canto um manifesto,
sequei as águas do meu pranto
nos bronzes fortes do protesto.

Acuso a puta sociedade
com seus patrões, seus preconceitos.

O teto, o pão, a liberdade
não são favores: são direitos.

– *Safado!* – gritou, entredentes, o cabalístico professor Cândido Voltaire, um dos autênticos da ala mais radical do MDB, que não se aliou aos eme-de-bistas de última hora (*essa Arca de Noé para ganhar eleição,* como esbravejou durante as apurações no salão social do Clube dos Remadores o coerente oposicionista). *Safado*, repetiu, *ele afanou um poema do Noel Delamare e o povo está pensando que é seu pensamento. Malandro* - disse três vezes - *quem se apropria de um poema de um revolucionário, o que não vai fazer com o dinheiro do povo?*, gritou indignado, deixando a multidão em frente ao telão na Praça do Rosário, onde um grupo assistia à transmissão do cargo na sacada do velho prédio da prefeitura, que ele, no discurso, prometia reformar.

Enquanto o já ex-prefeito transmitia a faixa, depois de ter sido tripudiado e malfadado durante toda a campanha como o coveiro da municipalidade e representante do atraso, Tininha Tolomor, a nova primeira-dama, de braços dados com o corcundíssimo Vivaldino Quasímodo e sua subserviência rastejante, ela levitando numa vaidade opulenta e anestésica - saltitante, saliente, fulgurante, espasmódica, apapagaiada, vulgar, chocalhante como uma cascavel, numa chinfrinice e megerice de dar dó, travestida de Yolanda Costaesilva municipal - roubava a cena, como quem roda a baiana, desceu as escadarias do prédio velho da Prefeitura, esgueirando-se entre as pessoas, com um séqüito de gatunos, uma corja de pequenos e médios empresários que derramaram dinheiro na campanha de seu marido (dizem que estava ali a fina flor do PIB municipal), além de uma procissão de puxa-sacos, uma coorte de neo-bajuladores, um cordão ruidoso de babacas e semoventes. Saíram pela cidade pagando mico, a novel primeira-dama como uma "perua" taxiando pelas ruas, coadjuvada por uma romaria comemorativa, prorrompendo numa histriônica cantoria (com uma acústica de latrina), culminando em desatinada queimação de "fumo" e cheiração de merla por uns; outros, bebedeira e pantagruélica comilança no Azulão, cujas despesas foram suportadas depois pelo tesoureiro da prefeitura, o pau-mandado do Gervásio. Ela ficaria famosa tempos depois, ao querer impor, numa convenção do PMDB, com sua falastronice e intromissão, o nome de Quasímodo, para suceder seu filho (Tolomor Júnior, que sucedeu o médico Dr. Saulo Guilherme em seu primeiro mandato), tendo cuspido na cara dos convencionais e ouvido da boca do vereador Tertuliano

Queiroga: "Esse Quasímodo afocinhador não ganha nem para garçom de zona ou síndico de condomínio, quanto mais a convenção do partido". Foi a gota d'água para que o grupo que apoiava Tolomor, Tolomor Júnior e Quasímodo desfizesse a grande aliança e vencesse por esmagadora maioria o médico Saulo Guilherme, que iniciaria uma segunda administração independente e sem a corriola que acompanhou Tolomor e seu famoso *não-paga-contas* Vivaldino Quasímodo.

Curralópolis amargou nos anos de Tolomor o inverso e o avesso das promessas. A morte do Doutor Pascácio Lorpa, que presidiu a Câmara por menos de uma semana, representou um divisor de águas, porque, se vivo fosse, a canalha pinochetizante de Vivaldino Quasímodo (que promoveu o mais requintado nepotismo) seria relegada ao anonimato e, com certeza, teria de voltar para o Vale do Paraíba e abrigar-se nas hostes de Quincas Malacqua que, segundo notícias que corriam de boca em boca na região da Mata, teria caído em desgraça lá nas bandas da Via Dutra, depois das provas de superfaturamento de obras, de ter levado à bancarrota o jornal "Agora" e destruído um time de futebol e uma gráfica, situações que, com certeza, apontavam Quasímodo, velhaco e astucioso, como elemento responsável pelo rastro de destruição física e moral de certa administração do interior paulista.

ARQUIVO → FECHAR

No dia em que os americanos apanharam na Baía dos Porcos

Quando entrei na sala, notei que a mulher se oferecia. Seus olhos flanavam como uma borboleta dançarina e de asas pressurosas. Alternava sua atenção entre uma edição velha da revista Veja e eu. Havia uma carência em seu olhar. Vem! – parecia me dizer. Uma sala de espera de um consultório dentário, ao lado de tantas outras espalhadas pelos quatro andares do Conjunto Nacional , o *shopping* de Brasília que à noite, sob um cenário de luminosos cintilantes, transforma-se em passarela de vaidades pequeno-burguesas e corredor de olhos lascivos e oferta de corpos.

Lá dentro, rangia o motorzinho e aquele barulho da broca penetrando o marfim do dente, ao mesmo tempo em que me causava nevralgias, carregava em si um simbolismo fálico: como se eu imaginasse uma penetração selvagem e vulcânica na mulher que estava à minha frente. Foram longos minutos de intenso e mútuo desejo. Os olhos acirrados por um brilho diferente, queimavam como lava de um iminente e caudaloso Vesúvio. Erupção, ereção, tesão, palavra puxando palavra e conduzindo ao desejo, à incontinência dos olhares, dos gestos, daquelas pernas sem lugar na poltrona. Isso nunca havia acontecido comigo. Muito menos numa clínica odontológica, o lugar sexualmente menos instigante do mundo. A última vez em que senti algo parecido foi quando trabalhava de auxiliar no Ministério. Seus corredores compridos eram povoados de histórias picantes de traição e lascívia entre colegas de repartição. Mulher de diretor sendo enrabada por segurança de ministro, felação entre a secretária e o chefe de departamento, trepada de telefonista com o oficial de gabinete, o motorista que comeu a mulher que tinha DAS.5, o ascensorista que foi seduzido pela assessora oxigenada do sétimo andar. Essas histórias passavam de boca em boca e despertavam certos desejos irrealizáveis.

O motor da fantasia estava de novo acionado e enquanto eu olhava aquela mulher de cabelos castanhos, olhares insistentes e movimentos sensuais e repetidos nos lábios, lembrava-me de Clara, a mulher com quem me casei um dia e foi embora sem deixar sequer um rastro, um bilhete, uma marca de batom no espelho do banheiro ou a devolução de um livro de Neruda. Estouravam dentro de mim essas lembranças.

Meus olhos naquela mulher de agora, e o pensamento na Clarinha que me deu três filhos, que me deram netos e foram viver suas vidas bem diferentes da minha. Maurinho, Lina e Clarice nunca entenderam a atitude da mãe. Nem pude dizer que ela fugiu com fulano, trepou com beltrano, e amava sicrano, que eram melhores de cama do que eu; nem que isso ou aquilo - até hoje eu não sei explicar, não havia motivo, éramos bem casados, as coisas no seu devido lugar, a roupa limpa todos os dias, o salário não era grande coisa, mas sobrava sempre um no fim do mês, as crianças crescendo sadias, as duas últimas férias na praia de Marataízes. Lembro-me de que tínhamos comprado o nosso Volkswagen (motivado por aquela foto de JK andando de automóvel dentro da fábrica em São Bernardo) e com as economias e as horas extras na companhia, não dava para passar dificuldade. Eu me lembro: sentado na poltrona esperando dar a hora para ir buscá-la no ponto, a tempo de chegar em casa para ver o concurso de Miss Brasil, todo ano ela gostava de ver aquelas mulheres que usavam maiôs Catalina e produtos Helena Rubisntein, ela sempre chamava a vizinha para assistir conosco ao Blota Júnior chamando uma a uma, eu estava de novo em casa depois de "morrer no ponto" a esperá-la, sentando na poltrona e esperei, roendo as unhas, até meia-noite, parecia adivinhar algo, e ela não chegou, não veio mais e esperei, até hoje, espero. Como sempre fazia, fui até o ponto de ônibus da W-3 Sul, onde a aguardava no meu carango, fui buscá-la do trabalho, mas aquele dia eu esperei sentado dentro do carro, foram horas, liguei o Motorádio, passou a Hora do Brasil, o sorteio da loteria, as dicas de culinária, as chamadas de "O direito de nascer", a crônica esportiva (não se falava n'outra coisa senão da preparação do escrete brasileiro, que iria tentar o bi-campeonato no Chile), o noticiário. Se meu fusca falasse, ele saberia dizer o que se passou na minha cabeça naquela noite, longa espera, gente entra e gente sai dos coletivos e nada de Clarinha aparecer.

Naquele dia em que saiu para nunca mais voltar, havíamos feito amor como dois recém-casados, algo inusitado, ela tinha demorado no banho, chegou à cama com uma lingerie recém-comprada na Bi-Ba-Bô, colocou a perna sobre o meu peito e alisava-o com a planta dos pés em movimentos suaves mas arrebatadores, como uma Marilyn Monroe estropiada sobre o respirador de ar numa calçada de Nova York, o quarto semi-iluminado projetava a silhueta de seus movimentos no teto, tudo parecia inusitado naquela noite, fora do mundo, vivíamos uma outra órbita, a sua beleza diferente das mulheres de seu tempo, naquela noite confrontando com o silêncio que havia lá fora, o céu cor de chumbo antecipando temporal, tudo parecia com uma expressão revigorada, como se nos preparássemos para o último ato de nossas vidas, mas a tempestade maior culminaria em mim.

A ereção era só um detalhe em meio a uma profusão de gestos delicados, de afagos, de toques que se repetiam, de insinuações sacanas cochichadas ao ouvido e eu estagnado, esperando a voragem completar-se no assalto final à carne avizinhando-se dos espasmos, estava naquele de "o melhor da festa é esperar por ela", não queria consumar o ato, queria provocar a libido até não mais poder, como quem provoca a sede num deserto comendo batatas fritas. Enquanto nossos filhos dormiam o sono dos anjos no quarto ao lado, movimentávamos nosso carrossel num parque de diversões. Nessa época a palavra tesão era pronunciada com receio, quase ninguém tinha coragem de entregar-se com a mesma sem-cerimônia das fornecedoras de qualquer z.b.m, uma palavra que nos anos seguintes iria alcançar seu lugar no olimpo dos íntimos desejos humanos, a palavra a definir a imensa epifania de nossos corpos resumia a vontade reconquistada, havia o prazer, a sedução, o desejo e um imenso oceano a atravessar. Nirvanas se conquistam e minha mulher e eu estávamos saindo de uma terrível crise, tentávamos um campeonato íntimo, não tínhamos dinheiro para pagar o analista, era coisa de rico, de madame, de dona de butique, quem, nós?, no divã, ora essa, impossível, improvável, mas se um dia tivéssemos um *tête-a-tête* com um discípulo de Freud, teríamos evitado a fugacidade de nossos corações, enquanto nos entendíamos, fazia anos, só na cama.

Agora eu vejo essa mulher à minha frente, angelical e demoníaca, e tento protestar contra o meu passado, tento esquivar dessas lembranças navalhosas, não há jeito, a verdade é purulenta e vil, mas é a única vencedora, o silêncio e a cama vazia, parece que ainda sinto o cheiro do suor naquela madrugada antes da fuga misturado a tudo quanto era secreção possível e impossível que porejava em nossa pele. Agora são meus pensamentos erráticos, máquina que me aprisiona naquela noite partida. Agora é essa mulher a me olhar com a mesma mudez de Clara, que preferiu os gestos, a ação, o seqüestro de meu corpo naquela hora marginal na pátria escura de suas razões, enquanto num abril partido ao meio os cubanos reagiam à invasão ianque, eu não tinha armas para lutar contra o que era maior em mim, o desejo, a fúria do corpo, aquele ambiente já não era meu: o seu coração, quinze de abril de 61 inaugurando-se na folhinha do Sagrado Coração de Jesus pendurado atrás da porta do quarto e eu me lembrava dos muros da Escola Normal ainda pixados da eleição passada – *Não se desespere, Jânio vem aí.* Apesar de seu pleno domínio sobre meu corpo, ela tornava irrevelável seu segredo, o sumiço programado, a mão recolhida, os nossos filhos sem mãe, eu passando os anos sozinho, às vezes noites seguidas dormindo dentro daquele fusca na solidão da garagem para não ver seu rastro e seu cheiro em nosso quarto, esse carro foi meu verdadeiro confessionário durante anos, dias, noites, na esperança do seu retorno, e em cada lotação, em cada consultório, em cada mesa de bar, no elevador, nas compras, na fila do banco e eu sempre refém do que poderia ter sido e não foi, uma mulher a me olhar com a mesma intensidade e desejo e eu sem poder invadi-la, a solidão e a minha tristeza, círculos concêntricos que não se comunicavam, porque lá atrás ficou meu coração e dentro dela algo que eu não sei, e eu a espero até hoje e toda mudança de calendário é uma esperança, tenho tentado esquecer, mas milhões de charutos cubanos tenho consumido até hoje, percebo que minha felicidade e minhas esperanças se evolaram como as milhares de espirais de fumaça que a cada baforada assumem contornos distintos diante de meus olhos cada vez mais perdidos e longe e fatigados e em mim resta um homem inacabado, um silêncio transmitindo à minha descendência a noite que não termina e o carro enguiçado na garagem como meu futuro que não saiu do lugar, e como os americanos incrustados em Guantânamo é o esbulho dessa tristeza em mim, essa carcaça sexagenária com seus olhos no horizonte observando um sol que se põe metálico e nostálgico, deixando no firmamento, como Clara deixou em mim, um rastro linguarado de fogo.

PROFILAXIA + DARWINISMO POLÍTICO

Antes de os seis balaços calarem de uma vez por todas o advogado arrogante e de argêntea cabeleira naquele fevereiro irrevogável que manchou para sempre as pedras portuguesas da Praça Santa Rita, a vítima, que estertorava feito um porco, com suas vísceras rebuliçosas, antes de ir para o inferno, ouviu do assassino:

- Um algoz a menos na face da Terra.

Invasora

Aos olhos do pregador, era um ponto minúsculo no púlpito, quase uma silhueta quando se deslocava. Inversamente proporcional era o mal-estar que provocava. O padre levantava a hóstia consagrada, entre olhares rabujentos para o chão: entre um sermão e outro, entrevia aquele ser perambulando pralá-pracá, indecisa criatura sem ter para onde ir. Talvez passasse pela sua cabecinha oca, por seu sangue nenhum nas veias a estressante sensação de ser pisoteada pelo sascristão ao menor sinal de sua presença. Descer os três lances da escada que separa o altar da nave da igreja era um perigo iminente. Ir até o primeiro banco para esconder-se na greta da madeira era um risco. E se todos os fiéis dessem conta daquele bichinho nojento, *ai, meu deus, beatas em polvorosa com medo de mim*, um corre-corre danado poderia eclodir em meio à descoberta da invasora, *eu que tanto tenho sido excomungada ao longo dos séculos, que resisto à bomba atômica, às invasões de Bush Jr, a Hitler, às catástrofes naturais, ao escambau, ah, não*, ela deve ter pensando mil coisas, por isso seu balé esquisito de um lado pro outro, sob os olhares do padre Antônio, ela não via a hora de uma guerra santa contra sua presença mal-querida. O padre, sua inquietude já sendo notada, seus olhos virando com mais freqüência para o lado, para o chão, acompanhando o movimento da indigitada, *ah, e se eu for esmagada sutilmente enquanto ele levanta a hóstia, bebe o vinho, durante o ofertório, quando gente vai e gente vem trazendo o dízimo*, que agonia na vida daquele serzinho, Monsenhor Antônio vai se descabelando, levando o lenço à cabeça, um tórrido calor de 41 graus em Cataguases, aquelas carolas com suas roupinhas-de-ver-Deus, o Delvandir sacristão, desconfiado, quer saber que tanto os olhos do santo padre baratinam, e ela ali, preocupada, mas insubmissa. A pregação avança, avançam os passos do padre, sua batina deslocando o ar e a barata imóvel, tentando um lance vantajoso evitando ser massacrada pela botina do pregador, aquele solado militar que pisa os paralelepípedos da cidade e os chiqueiros onde a igreja mantém os porcos cevando para fornecer carne aos internos do Orfanato, os saltos de coturno fariam miséria naquela vida indefesa, *ai, Kafka, ai, Clarice, por que o mesmo destino?, não eu não quero ser morta*, a bichinha tremia, *não, Gregor Samsa, não, portas de mil quartos*, mas viu a possibilidade de abrigo nas partes pudendas do padre, *ah, se eu conseguir, ele não vai poder fazer nada, senão seria um escândalo, ai, Santa Rita de Cássia, me ajude a ser discreta nessa hora de tamanho inforntúnio para um ser tão indesejado, sei que há milagres, só quero abrigo, não me importo com o cheiro de urina na ceroula do Monsenhor, melhor que ser trucidada por pés inclementes...*

Lá fora, os insetos que bailam sob as lâmpadas de mercúrio e ziguezagueiam na fonte luminosa dão-lhe inveja santa e os camundongos que saem dos bueiros em frente à Escola Normal idem: não estão sob o fogo cerrado de um padre. Enquanto os sinos dão longas badaladas e a missa não termina, há um mal-estar, um prolongamento desnecessário, a barata sem saber; se correr o bicho pega, se ficar o padre pisa, *ah, eu devo estar aqui para pagar todos os meus pecados, a lata de açúcar que invadi na casa do Juiz Natalino, o dia em que quase morri misturada à massa de bisnaga na Padaria Cabral (não fosse a histeria da Hermínia confeiteira despistando todo mundo com sua gritaria, eu estava frita, melhor, assada), o doce de carambola que eu lambi na cozinha da dona Dolores, a goiabada do Antenor sapateiro (eh, nunca me esqueço quando ele tirou a tampa da caçarola e viu-me lá dentro, foi Deus quem me salvou daquele vingativo, dando-me essas asas tão ágeis, que ele até agora está me procurando atrás do fogão, com seu escândalo de sempre), e quando fui aparecer logo no caixão do Carlindo alfaiate, que maçada, ninguém esquece o horror dos parentes tentando espantar a intrusa*, o metal cansado pára de repicar, não sei, o padre parece aquietar-se, ou está fingindo para dar a última cartada e desferir o golpe fatal, *não, padre não pode matar, é crime, eu sou uma criatura, sem alma, é verdade, meu único mal é chafurdar no terreno alheio, teatro de muitas misérias e delícias,* a alma vacilava prestando atenção nos movimentos do padre, a comunhão quase acabando, ela ali, enquanto a fila diminuía *e depois, meu Deus, o que será de mim, quando isso aqui virar um deserto? Vão correr atrás de mim até o inferno,* sentia-se uma intrometida, mas está no mundo desde as cavernas, pensou, *que incômodo pode haver para um inseto como eu, meu único defeito é viver, trespassar os séculos, o dilúvio, a radiação, o gás mostarda, o agente laranja, o AI-5, os ladrões de badgá, a violência do Rio, a ira dos homens...*

A Noêmia, que, entra ano e sai ano, todo dia vai à missa, era a última da fila, *esperta como ela, é capaz de me flagrar aqui, essa fofoqueira sabe da vida de todo mundo, conhece cada palmo dessa igreja, vai ver que tem um estranho no ninho,* sentiu um cheiro esquisito, cheiro de barata, *vive se lavando toda,* era o fim. Ia denunciar a criaturinha indefesa, sem compaixão. Quantas vezes estivera ali, nos dias de chuva, nos de sol; nas quermesses para angariar fundos para curar a infiltração sobre o altar, nos batizados de sábado, nas procissões, nas amidalites do padre, nunca, nunca ninguém havia dado conta de que um simples animalzinho indefeso, à procura das migalhas de hóstia caídas, das gotas do vinho molhando a mesa do altar, fizesse mal. Afinal de contas, *nem só de pão vive o homem, mas de toda palavra que sair da tua boca,* ela ouviu um dia essa parte num sermão e sentou praça: *é aqui que venho buscar meu alimento.*

Naquela noite, meses depois de comparecer religiosamente ao altar, como uma distinta e invisível cristã, viu que algo não começara bem. Estranhamente, o dia deu em chuvoso para uma época de seca, nuvens negras caluniavam a paisagem, lá dos lados do cemitério, emendando com a Vila Leonardo, uma nuvem só, denunciando o toró que podia cair, havia um clima de esbórnia espiritual no ar, muita gente esquisita na igreja, até o padre, ela notou, tinha um ar estranho, displicente, seus olhos vagueando pelos lados – foi assim que a encontrou, numa olhada em diagonal, sem saber o que estava procurando. Parecia que não a tinha visto, mas não despregou os olhos, em tiradas intermitentes de olhares, acompanhando, entre uma palavra e outra da Bíblia, os movimentos daquele objeto viandante identificado. Abjeta e vil espécie a conspurcar a paciência do reverendo, que já naqueles dias estava de orelhas em pé por causa dos casais de namorados que encostavam à noite no muro, atrás da igreja, enquanto ele pregava - *se peito de mulher fosse buzina, ninguém dormia nessa cidade* - para espanto geral soltou essa catilinária contra o que ele inquinava de acintoso abuso de jovens inescrupulosos, atentado aos bons costumes, sentença proferida em alto e bom som que um dia foi alojar-se nas páginas do Febeapá, de Stanislaw Ponte Preta e ninguém jamais esqueceria o abaixo-assinado entregue ao padre contra a liberação dos costumes naqueles inesquecíveis anos sessentas. A barata sabia disso e estava prestes a ser a próxima vítima, bode expiatório, o que poderia esperar, senão um solene exorcismo após a missa, uma pisada fatal, um balde d'água, um *vade retro, satanás*, uma caçada coletiva a diminuto ser?

Sorriu-chorou-sorriu-chorou - uma barata em prantos e um padre impaciente, mirabolante, agitado e irado - era isso que ela via nos olhos do bem-aventurado. *Mas um homem santo não pode matar, deusdocéu, não, ele vai me poupar; na pior, vai me expulsar com um grito, um susto, uma tentativa de homicídio e eu adeuziiiiinnnnnnnnnnnnhôôôô vou embora como cheguei*, a barata ciceroneava seus pensamentos, desfiava sua filosofia ortóptera, nunca quisera acabar como barata-de-sacristia e enciumava-se porque seus parentes - o grilo, o gafanhoto, a esperança, o louva-a-deus - não despertavam a mesma rejeição, *oh, por que só eu, céus, ovelha negra da família?* e a indesejada de tantos via minadas suas resistências. Por que não dava uma banana pro padre - *mas não tenho mãos* - com suas pernas adaptadas para o salto, poderia sair de relance, driblando o santíssimo com um salto ornamental em bem zombeteiro lance e ele ia ficar sem saber onde enfiar a cara e a Noêmia não ia ter o gostinho de noticiar a captura com sua histeria de solteirona impenetrada.

Um lobisomem no altar sagrado: sentia-se assim. Mesmo com seu sangue de barata, subia-lhe às veias a quentura da insatisfação. Engolia em seco. Suas patinhas traseiras tremiam, medrosas de serem alcançadas numa escapada repentina no meio daquele batalhão organizado de fiéis. Mil pés, paus, objetos se atirariam contra ela!?!?!? Ó, dúvida cruel. Nessa corrente de pensamentos imprecisos a imperfeição dos movimentos sugeria a vizinhança do pânico. Uma vibração incomum nas antenas parecia captar o perigo do último gesto do orador. Ele já proferia a bênção final e já se podia ver um indisfarçável sorriso em seu rosto antes tumultuado – *ele quer se vingar de mim, ai, meu Jesus, me livra do Juízo Final, não vai ter ninguém pra testemunhar o crime e amanhã será outra, e outras mais virão aqui.* Já sem resistência, parecia entregue à prévia condenação, como se diante de um exército miliardário a sua irrefutável e inferior condição estava para ser vencida sem muito esforço.

A última viv'alma deixou a sacristia, quando o coroinha Adriano desceu as escadas para cerrar a enorme porta de jacarandá. O padre, imóvel, olhos afetados por um brilho irônico, inicia o ensaiado passo em direção à barata que, circunspecta, ouve a Suzana enfermeira chamá-lo detrás do confessionário com a blusa semi-aberta.

– Só estamos nós aqui, meu santo.

Apenas um barulho de chave passada por dentro foi ouvido quebrando o silêncio da alcova premeditada.

A noite era dos grilos, cujo cricrilar abafava a respiração ofegante que era sentida no cômodo esconso, vizinho da saleta de ofícios. E a minúscula testemunha, livre para sempre da decretação fatídica, deixou-os em paz no minimundo da alcova episcopal, e aproveitando a corrente de ar que lhe açoitava, emanando do ventilador ligado atrás da redoma que encobria Santa Rita, impulsionou suas asas aflitas, e seguiu rumo ao último basculhante aberto sobre a cruz atrás do altar, he he!

Lá fora, o carrinho de pipocas do Seo Sebastião despedia-se da praça em direção à Vila Teresa, fechando a cena de uma noite que parecia não terminar nunca.

Paralelo 16: olhar 43

Enquanto respiramos,
todas as coisas acontecem.
Stela Maris Rezende
"Coração brasileiro"

Para João Anzanello Carrascoza

...assim: acontece na hora do rush, ou quando Washington marcha com seus coturnos e sua guerra midiática sobre Bagdá, ou, nesse trânsito de terça-feira gorda que não ata nem desata, encontro Patrícia debaixo do semáforo do Setor Comercial Sul, *deusmeu, você sumiu,* faz um alarde quando me vê, abaixou o som do seu Xsara, lá dentro *The Wall, ela sempre gostou de Pink Floyd nos tempos em que íamos todos beber nas ruínas da UnB à beira do Lago após as aulas do Libânio,* esnobou seu carro zero, as pessoas atravessando a faixa de pedestre, um fluxo burburinhoso na hora do almoço, em frente ao Pátio Brasil encontro de rostos e corpos desconhecidos, celulares chamando aqui-ali, aquela maré divergente de pessoas apressadas, eu disse, a gente precisa colocar o papo em dia, ela arrancou, não sei se escutou, virou em direção à Rodoviária do Plano Piloto enquanto eu segui por baixo dos viadutos que passam sobre o Eixo Monumental e fui em direção à W-3 Norte. Estou arrebentado, como se tivesse carregado o mundo nas costas, a acupuntura não está dando conta, à noite é aquele desprazer na cama, rolo a noite toda, num sem-lugar, numa disputa com minha insônia. O dia todo suportando a mesmice funcional, o emprego chato, gente cerimoniosa e tão medíocre, um aspone cheira-peido do diretor fingindo simpatias a esmo, e a gente convivendo com uns alienados sem fronteira, gente que lê Paulo Coelho e Lair Ribeiro, ouve Xitãozinho e Xororó e acha que achou o caminho da felicidade. É fogo essa funçãozinha de merda no Banco do Brasil (quantos pais sonharam seus filhos e netos fazendo carreira, *hoje qualquer vendedor de cachorro quente ganha mais*, disse-me o Olício entre uma calabresa e outra no Bar do Zizinho), já me farto de ouvir a mesma lenga-lenga na seção (agora não falam mais "seção", é *estação de trabalho*, nomenclatura moderna para definir a nova escravidão globalizada e rotulada) e mais: *competividade, qualidade total, ISO-9001, L.E.R., otimização, racionalização de custos, re-engenharia, re-trabalho, qualidade total*, tolices dessa modernidade aliciadora que coloca o produto acima dos valores individuais e nessa guerra de espaço e busca da produtividade o homem exacerba o pior de si para tentar mostrar o melhor do peixe que quer vender, o mercado nos impôs esses tempos de acirrada disputa individual, de campanhas por conquistas de clientes, somos obrigados a fazer das tripas coração, de vender a mãe para mantermos o emprego, ah, a infame condição de trabalhador engrenado nas roldanas neoliberais, fetichizados pelo deus-mercado, boizinhos manipulados e condicionados à eterna necessidade de produção. Eu vou pensando em Patrícia entre um sinal fechado e outra parada para entrar no Eixo Monumental, olho o relógio digital no prédio do BRB e já está quase na hora de bater o ponto, quantas coisas me vieram agora, entre um vômito da realidade, da hora presente e *o que poderia ter sido e não foi*. Vinte anos lá dentro, uma geração perdida, sonhos abandonados em nome de uma patética estabilidade funcional e chegar em casa e não poder dar o melhor à mulher e aos filhos, a irmã mais nova que estuda em São Paulo e vive pedindo um extra e essa inelutável vocação de pára-raio da família. Gustavo, *tu precisavas ser trezentos, trezentos e cinqüenta*, ah como é real o que disse o poeta. Agora, na vizinhança dos quarenta, a calva apontando, o mercado seletivo, você não fez MBA, não estudou inglês, não tem amigos importantes, nem cartão American Express, só mesmo essa vidinha porosa, um carnê da Casas Bahia que nunca termina, as prestações do Palio sempre pagas com atraso, a minguada reposição salarial, a luta pela sobrevivência, uma solidão geométrica combinando com a monotonia arquitetônica, a mulher sempre cheia de ouvir as mesmas coisas e Patrícia, o que ela está pensando agora, será que vive as mesmas coisas? Não, seu mundo parece diferente, carro do ano, pose de pequeno-burguesa, aliás, ela tem o que eu não tenho no meio das pernas. *Vai se cadastrar no Fome Zero, guri,* não isso aqui virou um inferno, gente esmolando pra todo lado, pede-se de tudo em todo o canto, é flanelinha aqui, tomador de conta ali, crianças em pregões nos locais de maior trânsito, e esse rush, e esse Bush, e esse trash infernizando a gente, estou farto de ver e ouvir as mesmas coisas, nada mudou, *mudam-se os rótulos, mas é a mesma cachaça que nos vendem,* adeus ideologias, longe a coerência, e finda ano e entra milênio, a indigência vai nos rodeando, um cinturão de pobreza sitiando essa cidade que nasceu da utopia, mas cuspiu os que a fizeram, idiotas, candangos: *eles eram muitos cavalos, (os sobreviventes)* de uma cidade que não conseguiu reunir os contrários, a utopia social irrealizável, JK-Lúcio Costa-Niemeyer, o mundo é mágico e bonito nas pranchetas, mas a cidade nasce das entranhas dos homens, suas vísceras confundem-se com as dos que vêm-vão-voltam, *espoliativa condição,* nas *histórias de remorsos e rancores* dos que comeram o pão que o diabo amassou, que pisou o barro do cerrado em convulsão, enquanto os blocos se erguiam sob pilotis contra as noites indormidas de milhares que tinham de levantar cidade a toque de caixa, hoje a cidade está aí, imponente, *amorosa e clara,* mas *as máscaras singulares* revelam-se nos palácios, túmulos de mármore plantados num *jardim esquisito,* e os homens, os habitantes reais? Travestidos em seres que habitam uma paisagem lunar, com seus fracassos pessoais, sua solidão irreversível, procuram a esquina, não a encontram; vão ao Beirute afogar suas angústias, tentam pular da Torre de TV, mas o elevador está enguiçado, perambulam esquálidos pela W-3 Sul os seres sem nome, sem afeto, sem sexo, *coreografia dos danados* pululando pelas superquadras e seus imensos caixotes horizontais sobre pilotis enfurnando gente, Brasília parece uma cidade inconcreta que só existe na cabeça do doutor Oscar, *mas, uai, se é tão boa, por que ele nunca veio morar aqui,* reclama a empregada nordestina que trabalha na casa de um funcionário do Itamaraty que mora na 314 Sul... Eles vieram, vieram aos montes, atraídos pelo sonho que nascia nos canteiros de obras, mas ninguém esquece os dias difíceis, *um dragão por dia*, sempre repetia o Nonato, gente dobrando a noite para entregar a cidade no dia 21 de abril de 1960, muitas vezes comendo comida fria nos acampamentos, até um dia (a imprensa abafou) o motim no refeitório da Pacheco Fernandes e muita gente metralhada pela GEB, o Vladimir Carvalho conta tudo no seu filme *Conterrâneos velhos de guerra*, a cidade precisava sair, o Rio de Janeiro era contra, Carlos Lacerda metendo o pau, queria parar a construção com seus discursos biliosos e a cidade ia brotando às pressas, Dom Bosco é que previu que entre os paralelos 15º e 20º surgiria uma cidade cercada por um lago que seria a capital do terceiro milênio, onde verteria leite e mel, mas a cidade está vertendo lágrimas, as invasões a circundam, Roriz a travestiu numa favela só, a cidade e seu cinturão de pobreza, gente roubando carros a olhos vistos, gente comprando cocaína nos botecos da Asa Norte, a W-3 e seus puleiros e suas casas transformadas em pensionatos de segunda e outros baratos (salões de cabeleireira, muquifos, vagas em quarto com beliches, casas de videntes onde cartomantes jogam búzios e exploram os trouxas, uma zona total) e a avenida glamourosa de ontem, depois da chegada dos *shoppings*, virou um deserto com seu comércio de quinquilharias e a cidade engrupida por um inquilino pela quarta vez no Buriti, Brasília pariu um destino ingrato e não-sonhado, quarentona de muitas rugas. E Patrícia, onde está agora, depois que zarpou no seu Xsara (aqui em Brasília a gente só encontra as pessoas dentro dos carros: cidade em que é preciso ter cabeça, tronco e rodas), ela não deixou o telefone, nem uma pista, só me lembro da última vez em que nos vimos, era o último ano da faculdade, fomos tomar caldo de cana com pastel na Rodoviária do Plano Piloto (ali ainda não era o território sem lei de hoje), a Pastelaria Viçosa com seus balcões apinhados, a Esplanada ao longe suscitando desejos de um emprego estável, Patrícia ainda não era ninguém, mas tinha seus olhos maiores que o estômago, seu jeito de querer colocar o chapéu onde a mão não alcançava, comendo amendoim torrado feito doida enquanto ouvia o Kid Abelha, chorando de lenço na mão enquanto ouvia a musiquinha do Ayrton Senna e o Galvão Bueno berrando a vitória do piloto, insistia em dizer que nunca casaria – *a rotina estraga o amor, Baby; não há amor que resista à mesmice, Baby* – os carrapichos na meia de seda depois de atravessar os gramados das superquadras, ah, essa menina agora passa por mim feito um cometa e vai se esconder na nos labirintos de uma quadra qualquer da cidade. Quanta estupidez na vida que levamos: encontros furtivos, olham-se as pessoas de dentro de seus carros como se do outro lado um objeto na vitrine e pode ser o nosso vizinho, a colega de trabalho, ao mesmo tempo em que não dialogo com elas dentro e fora de meu ambiente, estou aqui ouvindo um programa de rádio qualquer, prestando atenção em muitas coisas, lá fora o que me dizem aqueles rostos sorumbáticos, aqueles passos apressados, essa gente taciturna? Aqui, é essa estrangeira sintonia na Planalto AM e o horóscopo da manhã, *para você, ariano, todas as coisas relacionadas à arte, música e beleza atrairão sua atenção, dê vazão aos seus instintos e sentimentos nobres, período excepcional que favorece a saúde e a família* fazendo previsões que nunca se cumprirão, eu me lembro da irmã de Patrícia: no dia em que Teresa foi dar à luz no Hospital de Base, ouviu no rádio do táxi *esta segunda-feira, sagitariano, é prenúncio de novidades, aproveite as chances de prosperar, novas portas vão se abrir* e ela saiu da maternidade para o cemitério, eclâmpsia, morte do bebê e a vida prorrogada, ah, essa gatunice tomada como ciência e quanta coisa existe entre o desejo e o curto tempo em que dura o prazer, o resto a gente não conhece porque senão a vida não teria graça, o imponderável, o irremediável, o imprevisto, tudo faz sentido e nada faz, como eu estar agora aqui na pista de uma mulher que morreu pra mim, lá atrás, prefiro ler o jornal que está no banco do passageiro, saber que o metrô de Brasília foi superfaturado e que mal sai dos trilhos, carrega pouca gente e já pensam no trem-bala para Goiânia, e querem fazer a reforma da Previdência como se isso fosse a panacéia para todos os nossos males, quando os maiores devedores estão aí impunes e um pobre coitado que atrasou o aluguel num barraco no Paranoá é despejado com requintes de perversidade pela Polícia municiada com um mandado judicial, enquanto os tubarões da inadimplência estão aí, lépidos e fagueiros, intangíveis

Transbrasil - R$ 780 milhões
Estado de Goiás - R$ 685 milhões
Encol -R$ 630 milhões
Varig - R$ 560 milhões
Vasp - R$ 476 milhões
Banco Itaú - R$ 380 milhões
Mendes Júnior - R$ 355 milhões
Unibanco - R$ 321 milhões

e a Justiça querendo punir ladrão de galinha, peixe pequeno, mas nem sei se Patrícia sabe dessas coisas, ela está preocupada com seu lado socialite, toda semana aparecendo nas colunas ao lado de mulheres de beleza postiça com suas faces mais esticadas que couro de tamborim e o mundo lá fora vive suas guerras (contra a violência, contra a fome, contra a droga, contra o nosso ego inflado e)

Para Mr. George W. *(de Walker, que, aliás, parece nome de uísque)* Bush, *cujo Q.I. é inversamente proporcional à porcentagem etílica em seu cérebro, uma guerra a mais, uma a menos, é como tomar ou não mais um gole. Tio* **SatAM** *e seu furor belicoso aliado ao seu mal resolvido complexo de Electra, trata o mundo como seu protetorado e nessa versão tecnológica de um Macartismo revanchista e odioso, vai espoliando as nações. Primeiro foi o Afeganistão, agora é o Iraque, daqui a pouco a Síria... quem sabe depois a Coréia do Norte, Cuba, a Amazônia... Mais de US$ 1 trilhão serão os gastos da guerra + os da reconstrução de Bagdá e cidades destruídas. Essa grana toda daria para criar um "Fome Zero" mundial e acabar com a pobreza, a miséria e exclusão do Planeta. Mas eles preferem trocar sangue por petróleo. Mas, o que esperar de quem tem sua inteligência medida pelo bafômetro?*

infames, os homens perderam a diplomacia, vivem um diálogo com as serpentes, enquanto muita gente lota as filas das lotéricas tentando sair da merda apostando na mega sena acumulada - 40 milhões valem a tentativa de apostar na sorte grande

13 - 34 - 46 - 64 - 31 - 16

mais uma vez dona Geracilda gastou o leite das crianças e não fez nem um terno, mas tem a fezinha de sábado, há quatro meses não sai a borboleta, dessa vez não falha e ela sonhou ontem com a casa do Fortunato do cartório (ele mora na Quadra 4, Lote 16, em Sobradinho), é o bicho repetido no grupo e na dezena, é o palpite! Mas olho em volta e o que vejo? - as mesmas pessoas distribuindo filipetas na imensa calçada que liga o Conjunto Nacional ao Conic, essa passarela onde vicejam tipos curiosos, mulheres sentadas exibindo suas feridas, o doente mental que tira sons perfeitos de garrafas e latinhas de refrigerante vazias, o vendedor de bugigangas, o moço cego com o cartaz "compra-se jóias paga-se bem" sem gramáticas e sem futuro, e ainda soam na memória as palavras melancólicas de Renato da dona Didi Machado - *Eu quero um poeta que fale de congas, kichutes, pão com molho na cantina do colégio (o comer com os olhos), mas, porém, contudo, todavia, entretanto, a garra, a vontade de mudar aquelas placas, aquela mesmice do* "Repórter Esso" (o primeiro a dar as últimas), *passar por você uma Cecília e um Ismail e saber que eles ñ o queriam em seu mundo, o garoto da casa submersa pela enchente, a bicicleta calói de segunda mão, a enceradeira aos sábados para lustrar a sala do Juiz, o faxineiro do Hotel Cataguases em 1977 a vislumbrar D. João ou Pedro sei lá de Orleans e Bragança, Condessa Pereira Carneiro e a dizer que rei (ou que merda?) sou eu??? - e o prédio de A Nacional imponente como sempre com sua sombra sobre prédios monótonos com suas caixas dágua aparecendo, onde andará tudo isso em nossas mentes e corações?* - ó, eu aqui, dentro desse carro não sei a quantos Km/h (mas meu pensamento voa além da velocidade do som e da luz) e volto ao século que já morreu e confundo o passado com o presente com o futuro enquanto Patrícia deve ter entrado em um desses pombais de Brasília, esses apês superpostos em blocos de inesgotável e horizontal melancolia, frações de nada num latifúndio de estranhos corpos de pedra e jamais me esquecerei das palavras sábias de Fusco, que batem feito mó - *voltei pra cá para morrer de tédio e de cirrose, é o que me cabe para agüentar uma cidade com suas pessoas de matéria plástica* - o velho bruxo da Granjaria não viu o novo século, mas estava na frente de todos nós com suas histórias copiadas pela realidade, com sua hediondez de manicômio gerando seres arrebentados, que nome dou a isso, ô Rosário, quantos remorsos, quantos rancores (sobreviveremos?), tu tinhas razão, "a única novidade é sol/..." no fundo tudo se resume à ancestral dicotomia eros *versus* tanatos e esses homens de terno que encontro todo dia fazendo pregações em praça pública tentando fugir do caos tentando esconder-se da miséria pessoal e coletiva na fé tentando desesperadamente solucionar o irremediável tentando e tentando e tentando uma resposta para o que é vil caviloso intransponível imponderável e quantos de nós se perdem no a-esmo de suas próprias vidas e eles ainda vêm falar em salvação em céu em inferno (porque falam tanto do diabo para falar de Deus?) em julgamento final em arrebatamento e *E há somente um Deus e Pai de todos, que age por meio de todos e está em todos § E sabemos que existe somente um Deus* gritando contra os ímpios (quem são eles? - Sadam? a vizinha que trepou com o chefe? o Sérgio Naya? o Hildebrando Pascoal? o Luiz Estevão? o Collor? o Edir Macedo? Bush/Blair? o Waldomiro Diniz? o Carlos Cachoeira? o filho do juiz federal que matou o índio Galdino? a filha drogada que assassinou os pais no Morumbi? os que vendem *habeas corpus*? os que sonegam o Imposto de Renda? - onde está o trigo no meio de tanto joio?) e Patrícia estará nesse momento em que lugar? Onde passo é um ofertório de coisas impossíveis, de sucessos irrealizáveis, de esperanças natimortas *Este anúncio pode mudar sua vida - Dona Judite espírita vidente recém-chegada da Bahia está à sua disposição para lhe dar uma orientação espiritual positiva. Não se deixe dominar julgando-se vencido. Quer fazer voltar alguém à sua companhia? Alcançar êxito nos negócios? Tirar o vício da embriaguez, problemas amorosos, frieza sexual, em ambos os sexos. Não se entregue ao desespero, não deixe sua casa comercial ir à falência e não destrua seu lar sem fazer uma visita à Dona Judite, pois tudo isso pode ser resolvido com uma só consulta. Joga búzios tarô cartas faz e desfaz trabalhos. Tudo rápido e garantido. Atende todos os dias das 8:00 às 21:00 Hs na HIGS 711 Bloco A casa 48.* Não, não me venham com esses santinhos, anúncios de cartomantes, videntes, pais-de-santo, curandeiros, gente que quer antecipar o futuro que não me interessa, *quanta mercantilização! quanta má-fé pela boa fé dos transeuntes!* mas Patrícia um dia largou tudo para viver a vida de dondoca – disse: *não quero mais voltar para Cataguases, prefiro morar debaixo do viaduto da rodoviária e ver a Esplanada dos Ministérios à minha frente que levantar todo dia vendo meu pai saindo pra fábrica de papel, bater cartão, a mamãe fazendo unha de casa em casa e o Marcelino vendendo picolé na Leiteria* e ela contou que foi assim que um dia ela saiu de casa, decidida, veio para Brasília, foi morar num barraco de fundo na Vila Planalto (*tinha dia que ouvia o senhorio trovejando reclamações e de noite aqueles pernilongos musicando infernosos nos meus ouvidos*), trabalhou em hotel de segunda, terminou o 2º grau no Supletivo do Cesas, fez um concursinho de merda para trabalhar num Ministério – trabalhou, arraia miúda, mas não era o que queria – depois aquela chance com um deputado gaúcho – quatro anos do bom e do melhor, andando pra cima e pra baixo de avião, não tinha que assinar ponto, a Câmara era uma sinecura, horas extras, coisa e tal – e eu só fui ver ela de novo agora no trânsito, seu Xsara última moda, seu ar de felicidade e seu vazio, não sei se ela fez curso superior, sei que ela queria subir na vida, lá na Vila Reis ela não passaria da filha do seu Altino da fábrica de papel, ela quis sair de casa, deixar de ser professora do Mobral: saiu!, saiu como todo mundo: pela Vila Minalda, o asfalto esburacado, foi até Juiz de Fora, pegou a Itapemirim que vinha do Rio, era 1979, 17 anos num corpo mirrado, um frio fodido de junho, chegou, ficou de favor na casa de uns parentes no Gama, depois as coisas foram acontecendo, morou em pensionato misto numa casa da 604 Sul, foi indo, foi indo, ambiciosa como ela, Brasília faz 43 anos, ela está perigando os 41, o Xsara, quem sabe, um apartamento, e quando Patrícia devia estar nos coiffeurs da vida, alguém começava a ler num banheiro do Conjunto Nacional "Notas do Subsolo", de Dostoievski, uma publicação popular com as folhas arrancando e lá estava *Eu sou um homem doente... Sou um homem malvado. Sou um homem desagradável. Creio que tenho uma doença do fígado. Aliás, não compreendo absolutamente nada da minha moléstia e não sei mesmo exatamente onde está o mal* e olho pelo retrovisor interno do meu carro o que me vêm são imagens confusas de carros, pessoas que se distanciam ao mesmo tempo em que se transformam numa coreografia zipada e não consigo divisar o que sou eu o que são eles. Só sei que Patrícia jornadeou breve pelos meus olhos e desapareceu de vez nessa cidade feita para engolir as pessoas. E eu estou aqui, nesse momento Halley, *epifania do caos*, lá fora escuto falar de reforma disso, reforma daquilo, o Brasil vai mudar, o Brasil não mudou, e na passarela que liga o Conjunto Nacional ao Conic vejo a imagem do Brasil real: pedintes, ambulantes, mendigos, cegos, mutilados, a triste e gorda velha com elefantíase, revelações (e reverberações) de uma sociedade doente, doente além da dor física; a cidade está ali, o País está ali, é o mundo vivo nesses estandartes da exposta miséria humana, que já não comovem nem incomodam Patrícia, a mim, aos outros, deficientes, seus aleijões, suas feridas como um troféu em busca da misericórdia, da caridade oficial, da indulgência, do que não virá, e olho novamente, e atrás uma artéria infartada de automóveis, gente, outdoors, vivo o equilíbrio precário entre a utopia brasileira que virou sucata e a moratória dos sonhos em tempos de neoliberalismo envergonhado. Enquanto isso, fico pensando em Patrícia, que não gosta de filme preto e branco, nunca leu Sartre e sumiu no mundo, tornando-se um ponto invisível na escuridão de um dia sem fim.

Via crucis

E o pior é que a vida feroz repetia-se
- indiferente a amores fúteis ou apaixonados.
Hélio Pólvora
"O leopardo no Kilimanjaro"

Ainda o sol não tinha chamuscado o horizonte com seus grilhões dourados e Raimunda já estava a caminho do Plano Piloto. A mesma rotina de todos os dias: pegava a Viplan superlotada nos cafundós da Vila Roriz, o ônibus deslizando como uma enguia por toda a Planaltina, recolhendo os que vinham, como ela, trabalhar e trabalhar. Uma hora era um gaiato que se fingia de morto e encostava, encostava até levar uma cotovelada; outra, era a bolsa sendo alvejada por uns pivetes mal-encarados que sempre aproveitavam a linha lotada pra fazer o limpa; outrora, não agüentava mais os quebra-molas, os buracos, as rugas do asfalto, as freadas, o mau-humor do motorista, a gritaria do cobrador, cuja voz penetrava nos desvãos de corpos que se amotinavam feito sardinha em lata. Triste sina a dela, vida feroz e sem amores, como as das vacas todos os dias reunidas no curral para soltar o leite, mugindo, mugindo, sem a mesma sorte das que um dia estiveram num estábulo de Belém para ver o Menino nascer. Era aquela sensação, que começava no ponto de ônibus e não terminava nunca. Parecia que a manhã não chegava, que o resto do dia era um prolongamento da madrugada, do sono interrompido pelas muriçocas, da falta de estrelas no céu, do aumento de salário que não vinha, da paixão impossível. A única certeza que chegava em tempo e hora era a obrigação de estar cedo no Ministério, empregada terceirizada, servindo o café, renovando a água em gestos que se repetiam o dia inteiro, pilotando aquela carrinhola barulhando pelos corredores, cheia de pires, de xícaras, de colherezinhas, de copos se atritando, entrando aqui-ali, comendo no refeitório dos contínuos e voltando na mesma rota e de novo a sensação de que tudo é escuro, que Jesus passou pelo Calvário e cada um peleja como pode em sua hemorroidária lida quotidiana.

Litania do cão

À beira-linha, os homens passando imunes à dor, indiferentes ao ser que jazia estraçalhado. Camafeu era uma carne esmiuçada sobre os dormentes, manchados com o sangue que se confundia com os resquícios de óleo impregnados no caminho. Ninguém o olhava, nem sua gosma caindo pela boca tocava qualquer coração transeunte: era mais uma morte despida de solenidade, um animal colhido pela locomotiva na noite espasmódica de um pátio de estação. Criatura sem eira nem beira, ladrou décadas pelos mesmos lugares e outras tantas sarjetas para cair nas armadilhas de um pontilhão coberto pela escuridão fria de junho. Sua cabeça pendida no vão entre dois madeiros afligia os olhares de quem passava. A cena que não quer calar. O dia era longo e o velho cão sem armas sem plumas sem dono sem sepultura jazia com seus músculos inertes, sua massa encefálica precipitada no abismo, suas vísceras tumultuadas pelos mínimos abutres de um carrossel de moscas, sua ausência de heroísmo, sua vira-latice consumada numa tragédia sem testemunhas nem remorsos. Sua morte me desestabiliza e nem há um resumo sequer de seus latidos que varavam a mesmice das tardes da linha férrea. Ninguém se lembrará de Camafeu, não teve direito a autópsia, certidão de óbito, enterro acompanhado por cães, gatos, gente. Tantas vezes a morte ensaiou seu canto e lançou seus tentáculos sedutores contra ele: nos chutes dos maldosos, no raspão dos pneus dos coletivos, nas iscas venenosas camufladas em nacos de carne jogados contra sua fome, na ira dos agentes da limpeza urbana. Mas ela veio numa noite sem avisos, apenas com a viscosidade do perigo e a sonolência da perenidade. A solidão ferroviária com seus carbúnculos ferozes decretou a morte sem glória, o luto apagando a memória, chancelando o chão com tintas do sangue aviltado, em trágica simbiose com uma lua encantoada num horizonte de espantos.

FÍGARO

Estou unindo a capa preta da Bíblia
com o avental azul da barbearia,
com uma caixa de sapatos
da infância e aí vai.
Fabrício Carpinejar

Não sei por que estou de novo aqui. Isso dói!
Que tarefa medonha o esquecimento.
Cristovao Tezza
"Uma noite em Curitiba"

Recebeu na cara o vento inaugural da manhã e olhou fixamente um céu distante e pavoroso.

Diante do nada, o silêncio reverberando inquieto, cerimonioso. As imagens se sucedem: desconexas, saltitam e comicham, cascavilhando a memória em sua trajetória de insistência: mancomunando contra a sua resistência em rever o passado diante daquela sacada. Tudo parecia emergir de um sono (de um sonho? Não, porque a realidade era próspera, próxima demais para ser esquecida), mas naquele canto – quietude e angústia se misturando – ainda soavam as tesouras, os fregueses esperando a sua vez, o cheiro de álcool recém-passado nos rostos escanhoados, os braços agitados do velho pai com suas pernas cheias de varizes e sem hora pra comer, as folhinhas velhas penduradas na parede, o antigo ventilador Eletromar colocado estrategicamente num canto a digerir os verões. Dias e dias ressurgiam insolentes (solenes?) da infância do menino.

No começo do ano, tinha ido à cidade: visitou os parentes mortos. O cemitério era uma cidade ao menos reconhecível, porque dos vivos não conhecia mais ninguém, nem as pedras da rua trocadas pelo asfalto ordinário, nem o cheiro de urina dos animais de carga e suas carroças parados na Estação, nem as pedras portuguesas da Praça Rui Barbosa, nem a carrocinha de pipoca do seo Sebastião, nem o *footing* notùrno com suas marés de gente rodando a praça em movimentos divergentes: fluxo de interesses e sutilezas nas noites de sábado e domingo.

Coisa estranha, a memória, esse aluvião: às vezes é pântamo, às vezes um cupim de aço tirano revirando o íntimo. Remotas lembranças fluíam, frenéticas e sem cor, de um escuro labirinto, como aquele dia em que o farmacêutico Herculano meteu-lhe o pé na fuça, porque sujou a meia na engraxação. Nunca esqueceu aquele semblante rancoroso fitando-o severamente, com ódio, rosto que dias depois ele contemplaria: transido e escoiceado pela vida no enterro de sua filha Milena. A meia suja não podia entrar na igreja, o casamento do filho caçula do industrial ia ser dali a meia hora (não custava ir a casa, mas preferiu a estultice, o gesto tresloucado, a demonstração canina de desagrado associada à humilhação).

Nas tardes de sábado, ia apanhar sapatos para engraxar nas casas de classe média, os que moravam nas Avenidas e não freqüentavam salões modestos. Outrora, a bicicleta velha carregava o escovão com o qual (i)lustrava a sala dos promotores e juízes com cera Parquetina. E contemplava a Avenida Brasil com suas mansões enfileiradas, sarcófagos da burguesia ensimesmada, com suas membranas de intransponibilidade e sisudez, lugar de casamentos fatigados, de vidas cascatosas e vazias, onde fermentavam desejos inconfessáveis de luxúria e poder. E nos olhos bordava o futuro com as cores misturadas do ontem e do hoje, ave solitária pairando suas asas sobre o horizonte dos outros.

Recordações ébrias vacilavam em sua mente, tocaiando aqui-ali, como o dia em que um homem foi morto porque chutaram o seu cachorro no Bar Elite. O som esfuziante da bala ainda e(s)coava pela Rua Tenente Fortunato e ia ricochetear na porta da delegacia: o rio Pomba lá embaixo não testemunhava nada, senão os areeiros em sua solene e imutável lida, lançando pás ao fundo de um leito sem vida para retirar miríades de grãos. Havia ainda a recordação do pão com molho na cantina do Colégio

– muitos foram os dias em que não tinha um cruzeiro mirrado para forrar o estômago – lambia com os olhos o lanche dos meninos da turma "A". Certa noite, isso ele não esquece, acordou entorpecido por sonhos miliários de águas abundantes carregando seus livros – poucos, é verdade, mas adquiridos com o suor de cuidar de mil sapatos – e a água do Meia Pataca já entrava casa adentro, lambendo os colchões e dona Lourdes apavorada colocando tudo para cima e o porão onde "habitavam" virou um cais de objetos boiando na água podre: as bonecas da Cristina, o livro do Curso de Admissão emprestado para a prova de fim de ano, a coleção de rótulos de cigarro submersa, os guarda-roupas encharcados: a estranha sensação de expulsos pelas intempéries, sentimento que se repetiria nos anos seguintes, quando março e suas águas recalcitravam com suas desavisadas mãos. E não sai de sua cabeça o desespero da mãe: "Ah, eu devo ter jogado pedra na Cruz, porque todo ano é esse sofrimento, meu Deus" e o pai trabalhando de manhã à noite, cabelo, barba, bigode, as contas de fiado enxertando a caderneta, sem hora pra almoçar nem jantar, a freguesia que não dava trégua nem pra urinar no mictório do Bar Coperão, e dinheiro que era bom, nada..., o filho mongolóide, os outros menores precisando tratar os dentes, murmúrios que se repetiam como goteira artificial em cabeça de condenado em solitária.

Certa vez, ouviu conversas atravessadas, o avô tinha morrido de nó nas tripas, o pai não tinha o dinheiro para o velório, estava devendo ao Alarico dentista a colocação das dentaduras, não tinha pago as compras dos últimos três meses, e já era enorme a vergonha diante da caderneta encompridada de anotações no Armazém Estrela, vão pelo menos dar um pouco por conta?, disse dona Euterpina, a mulher do seu Laércio, depois foi aquela lágrima entrevista na fresta da porta enquanto conversava com a mãe, *acho que vou ter que pegar emprestado com o italiano agiota*, foi a primeira vez que ouviu essa palavra e ela tinha uma sonoridade causticante: a-gi-o-ta. Não tardou em saber que o pai vivia pendurado, agora ele sabe o porquê daquele homem acompanhado de sua chaguenta flebite aparecer toda semana de cara feia, conversando baixinho mas severo com o velho num canto da barbearia, enquanto os fregueses olhavam desconfiados, de esguelha, e um constrangimento, uma sem-graceza com os presentes, a tentativa de camuflar do garoto (sete anos, mas vivo como ele só) a má sorte, as cobranças e o porquê de nunca ter dinheiro para mandá-lo para a casa da tia no Rio nas férias sempre iguais e nos finais de ano repetidos: sem passeio nem Papai Noel.

Um cartaz velho, surrado, com as letras desbotadas (propaganda escrachada da "Redentora") cobria a parede em frente ao grande espelho que servia às quatro cadeiras do salão - "Comunismo – opressão e incerteza" - e ele fitava intrigado aquela imagem feroz dos tanques atravessando a praça lúgubre e enfumaçada, como uma fruta atingida por um estilingue: um cenário obscuro de uma cidade com aparência outonal e solitária (seria Praga? Varsóvia? Bucareste? Leningrado? – o mais longe que o garoto tinha ido era a Juiz de Fora) e não havia perguntas, só aquela cena arrogante e estática ferindo o brilho nos seus olhos e as notícias que chegavam truncadas do outro lado do mundo e dentro do seu próprio havia pomares de discórdia. Gostava daquela foto, do que ela queria dizer e não dizer em suas letras que tinham um verniz desolador como a imagem que falava além de todas as fronteiras, como as palavras que não estão nos dicionários, mas saem das pedras, dos rios, do olhar do cão morto à beira da estrada, da prostituta em sua solidão monolítica, do concreto bulício da vida urbana, com suas roldanas de engano corrompendo os homens com alucinação e retórica.

Os pães chegavam cedo, velha prática do interior em que os padeiros em sua procissão de bicicletas tentando equilibrar enormes cestas à frente, iam jogando os pacotes nas varandas, pendurando nas janelas ou nos portões ou os deixando por algum vão, no chão da porta, nas cercas, nos quintais. O barulho do pacote caindo na área contígua ao tanque, o som das chaminés da fábrica Irmãos Peixoto anunciando a chegada dos operários para o primeiro turno, o café sendo coado pelo pai ou pela mãe (que se revezavam semana sim, semana não, levantando os filhos para a escola), a pasta velha debaixo do braço com os livros cadernos lápis borracha apontador tabuada dever de casa lancheira com um café com leite e a broa de milho nem sempre constantes.

Um dia isso tudo acaba: vestibular, formatura, consultório, família, casa nova, filhos, carro, pensou que nunca olharia para trás, as águas devem correr para o rio e o passado um dia vai ser lembrado com saudade ou ironia. Mas o menino que jogava bolas de gude não crescia dentro dele e havia um nó parado na garganta, um pião que não pára de rodar, pressuroso, em sua cabeça.

De mansinho, a noite caía sobre o salão da barbearia e sua caixa de engraxate - pequeno trono invisível onde suas mãos passeavam habilidosas pelos pés de uma cidade inteira - caía em insofismável solidão, um vácuo apoteótico entre a noite e a manhã que começaria sempre a mesma, com seus rituais de tintas, pincel, escova, flanelas e brilhos. Dali, de seu mundo, convivendo com o segredo das mãos do pai requintando rostos, contemplava outros, entre miudezas e sonhos. Dali observava - suspendendo suas atividades, em sinal de respeito, como os homens que tiravam os chapéus num gesto de automática reverência - os funerais atravessando a cidade e que passavam em frente, rumo à necrópole, do outro lado da Ponte Velha, enquanto o comércio, em cascata, obedecia ao ritual de cerrar as portas durante o féretro, e as pessoas taciturnas, absortas e melancólicas formavam o cortejo, e só se ouvia o som das solas dos sapatos nos paralelepípedos, um ou outro falar entre os dentes dos acompanhantes e uma orquestra de silêncios ainda maior dentro do garoto. Escurecia sempre depois de os enterros passarem e sua mão de engraxate era escura como as noites sem fim em que sonhou passar além do seu Bojador, cruzar a Vila Minalda em direção a Leopoldina e pegar o ônibus pra São Paulo, onde iria arrumar colocação, fazer cursinho à noite e tentar ingresso na universidade. Concurso para o Banco do Brasil ou a Caixa, nem pensar: rejeitava o comodismo de ver sua vida encerrada numa atividade monótona, repetitiva e bovina, compensável (para os outros, nunca cansava de repetir) apenas pelo salário, o que transformava essa elite bancária num rebanho de medíocres e alienados, que trafegavam apalermados pelas ruas de Cataguases com seus carrões & seus vernizes e seus fetiches e suas rotinas bestiais, mediocrizantes e alienadoras,

,,, idólatras de uma ocupação que nesses tempos neoliberais transformou-se em categoria de terceira, com um caixa, um chefe de serviço, um gerente ou outra babaquice funcional qualquer valendo menos que um vendedor de cachorro quente em porta de faculdade. O que era sonho dos pais para seus filhos, transformou-se em atividade repudiada e..., salve o Consenso de Washington, o sub-emprego, a proliferação das "vans", os medicamentos genéricos, a disseminação do caos, os camaleões do PT, a quadratura do ó, o viagra, a prisão de Fernandinho Beira-mar, o

Mal nascia a manhã, com sua profusão de cores imprecisas e um sol dourado reverberando nas paredes dos prédios em frente, e da sacada do hotel recém-inaugurado, Viriato contempla a linha férrea os trens não passam mais a estação intacta o sino emudecido não enuncia chegadas nem partidas esconde segredos adolescentes, um túmulo onde o passado gagueja e não dá trégua e um serôdio olhar vasculha em derredor e o guarda-chaves já não altera os desvios, contempla um outro lugar, pessoas prédios coisas detalhes de um mundo tão presente e tão distante, tudo o que não existe ali é seu, tudo o que não existe para ele, tudo demolido pelo presente suntuoso com suas guirlandas de novidades estancando o que um dia houve e retorna em flashes mnemônicos, mas que agora se inscreve inelutavelmente como memória ou sentença, ali, alhures, algures, onde um dia tudo tinha seu nome e sua hora e não se desgarrava das verdades mínimas, como o rosto de Letícia e as missas do Padre Solindo, antes de tudo se converter irremediavelmente num vale de ossos, num tempo sem notícias, nesse fluxo hemorrágico de lembranças dolorosas. Lâmina do tempo. Temporal de ausências. Infecta nostalgia.

Na fronteira entre a afetividade e a geografia, garimpou o passado remoto com pás insidiosas: peito esburacado, corrosão de sentidos, tumulto de bateias.

Expande os pulmões nicotinizados, respira o ar fresco inaugurando o sábado e, como que amparando o vazio, colhe na palma das mãos os primeiros raios de sol batendo nos telhados e silhuetando as árvores, os prédios, a pessoas, os carros, a vida.

No último Natal do milênio

Entre a dor e o pecado,
fiquei com a dor.
Luís Giffoni
"A árvore dos ossos"

Na véspera do Natal, Madalena Pécora saiu do "Vem-que-tem" disposta a mudar de vida. Queria tirar da realidade a espantosa condição expressa no nome e sobrenome. *As palavras têm poder*, um dia ouviu isso do pastor Odílio (amigo da família, embora não freqüentassem igreja de crentes), *você, minha filha, não recebeu nome nem sobrenome, recebeu uma sentença, uma dupla condenação, profetizaram seu futuro*, mas ela queria ser mais forte que esse destino, *peça a Deus para quebrar essa maldição*, já não agüentava.

Oito da noite, as ruas de Santa Rita começavam a esboçar o clima de festa, as pessoas já prontas para a Missa do Galo, à espera do laudatório sermão do Padre Olivier, com suas mãos protuberantes e roliças riscando no ar o sinal-da-cruz. Cada Natal era a mesma coisa: aquele *mea culpa*, severos puxões de orelha na cidade inteira, costumeira revisão das falhas individuais (a remissão de velhos pecados para dar lugar aos novos, ladainhas a dar com pau).

Madalena morava no "Vem-que-tem" fazia anos. Lá onde os homens casados, os coronéis, os mal-amados, os solteiros, uns tantos iam licitar os corpos clandestinos. As casinhas da rua da Ilha alinhadas, com suas luzes vermelhas e suas "donas" sentadas nos portais ou nos bancos: um festival de sedução, mormente para os garotos pobres e os solteiros sem carro, que só podiam se "batizar" na zona.

Não, não se lembra de ter ido a uma ceia natalina em sua vida. Menina ainda, perdeu-se lá pelos lados da Vila Leonardo num baile de fim de semana. Foi na beira do rio, entre urtigas, capim colonião e dormentes empilhados ao lado da via férrea.

Excomungada! Vai envergonhar a família, disgraçada. Matar seu pai de desgosto. Ouviu de tudo e de todos e resolveu sentar praça na "vida". Jerônimo, seu irmão mais moço, quis contornar, mas a velha Dorcelina não aceitava uma mancha dessas. *Não é boa bisca.* Quem iria perdoá-la? Organizadora de quermesses e novenas, via o pecado entrar em sua casa, ela que tantas vezes se impunha como conselheira, parteira, junta-casais, alcoviteira, cupido de saias, juíza da vida alheia.

A Lelena sempre foi espevitada, eu vivia dizendo pro Vandico, essa menina tem um jeito esquisito, de chamar gente. Não adiantou o catecismo na igrejinha da Vila, a dona Emilinha até que tentou botar juízo na cabeça dela, mas era torta mesmo, tinha parte com o demo.

A ceia na "casa" ia ser caprichada aquele ano. As "meninas", que sempre davam um jeito diferente para passar a noite de Natal com os freqüentadores, preparavam algo mais suntuoso, comidaria boa, sorteio da melhor "carne" para a freguesia, com direito a amor de graça a noite toda para o felizardo. Tinham escolhido a Madalena, mas ela saiu ainda antes do almoço, sem dizer onde fincaria pé e não voltou mais.

A mesa já estava quase toda posta: leitoa assada, bebida farta, arroz à grega, ponche, doce em calda, biscoitos sortidos, e até champanha do bom. Ia ser de arromba, garantiu Rosalía, a espanhola, "mãe" das meninas. Mas Madalena não estava lá, e isso não podia acontecer, muitos grã-finos e engravatados apareciam só por causa dela.

Um silêncio vinha se instalando aos poucos junto com o cair da noite. Parecia sobreaviso. A casa estava estranha, uma sem-graceza no ar. Evém-vindo o Salustiano da Coletoria, acompanhado do Elizeu farmacêutico, o Tião Louro, o Regino da Quitoca, o Sãozito Manquitola, o Galdino da estação, o vida-torta do Celestino, o Silvino acariciando seu bigode de arame, o Turco bicheiro. Eles medem tudo com os olhos, numa procura inquieta. A gente que vai chegando, como de costume, não sabia que a atração da casa estava ausente.

Quando criança, Lelena foi à Missa do Galo na igrejinha da Vila, ouviu sermões em latim, não se esquece até hoje do sono que deu, do cansaço de ficar ali, igreja lotada, beijando automaticamente a medalha do Menino Jesus de Praga, calor de dezembro, aquele barulho danado dos ventiladores espalhados não deixando ouvir quase nada do que padre Antônio falava. Tinha sete anos. E um desejo incontido de não pertencer a ninguém. Nem à religião. Na saída da missa, os fiéis se acotovelando na porta estreita, sentiu quando um menino mais velho atreveu-se encostando com um jeito estranho em seu traseiro e a estranha sensação de formigamento, quentura e calcinha molhada que não esqueceria para o resto da vida.

Passaram-se os anos (ela foi aos dezessete para o "Vem-que-tem") e um dia um dos homens que iam lá diariamente buscar o prazer pago confessou no seu ouvido: "Fui eu que te currei na igreja, lembra?" ...*Cremdeuspai*... A voz surdinada parecia remontar àquele passado que, por muito tempo chafurdou na sua mente como uma realidade obumbrada. Por causa daquilo, nunca mais quis ir à igreja, nem em final de ano, quando todo mundo vai, mesmo sem ter costume; nem em missa de sétimo dia, obrigação social e cristã.

O povo está na rua nesse 24 de dezembro, num clima antecipatório do Ano Novo, as casas vomitando as pessoas. E elas acham que vão ser melhores no ano que vem. É o último Natal do milênio. Gente que vem da igreja, que sai do cinema, que vai de um lado pro outro esperando o Natal chegar. Madalena Pécora, entre ressabiada e sem ambiente, aproxima-se do Largo da Matriz, as fontes luminosas ligadas, um espetáculo de luzes e cores a embaciar-lhe o rosto, cravando diferentes silhuetas que iluminam a face constrangida. Via os casais chegando, e quantos daqueles maridos se deitaram com ela, passaram pela sua vida como um tiro, sem amor, sem nada, gente velha e gente nova, pessoas carregando crianças nos colos, mulheres com véu, outras que espiam enviesadas, mas invasivas, para seu vulto de mulher à espera da coragem, olhares a esquadrinhá-la, uma auditoria moral nas caras feias lançadas contra ela, em cada cena, a cada movimento era um estranhamento, sentia-se autopsiada pelos cochichos, pela esguelha da sociedade.

Vencer aquilo, o tempo, as pessoas, os degraus que faltavam para sair de sua noite interior, ir ao templo, beber na fonte que não conhecia, eis a tarefa em que tentava compenetrar-se.

Queria ir. Queria voltar. Ir-voltar. Entre a indecisão e a necessidade de colocar em prática seu reformatório interior, ficou. Estática, indecisa, transtornada. Vinham-lhe à cabeça aqueles tempos todos, porosos, de felicidade clandestina, de fornecedora, em que teve mais solidão que prazer, em que sua carne foi visitada por não sabe quantos. Às vezes, a liberdade de viver do prazer saltava-lhe à frente, recalcitrante, minguando-lhe a esperança de regeneração, mas recolhia o resto de vontade hibernado num lado do coração sofrido, queria dar outro sentido à vida, outro ritmo, outra direção. Tinha mais de trinta anos. E o mundo era vasto. E a vida uma incógnita. A babel de corpos não lhe apetecia mais. Dali pra frente podia ser tudo ou nada. Achava que não era a hora. Mas, quando seria? Havia gente que parecia tão feliz circulando a praça, indo pra missa, cuidando de crianças, comendo pipocas, que esperava?

Concordou intimamente que o desejo novo era muito maior que os prazeres e recalques. Do que os homens que ela nunca amou. O passado parecia estar com os dias contados. Entremeando essas pancadas na alma, ouve os sinos da Matriz repicarem intermitentes, solenes, escravos metódicos dos dogmas do Vaticano. Ela percebe uma ordem sobrenatural naquelas batidas, um chamado compulsório, o chumbo inevitável cravando marteladas na sua consciência. Não tem mais dúvida. Ela se apressa em entrar, antes que os bancos estejam tomados. Quer estar lá, mas desapercebida, sem que sua vida fosse, ali, censurada pela rapinagem moral e maldosa das carolas de sempre, pois muitos dos bacanas que a "visitam" podem estar ali com suas mulheres. A casa de Deus era de todos, ela sabia, mas nem todos admitiam isso e certamente as moralistas iriam virar a cara quando a vissem. Ninguém melhor que ela sabia a dor que queria deixar para trás e isso compensava qualquer humilhação, as veladas e as expostas.

O penúltimo banco da fileira à esquerda, perto da imagem do Menino Jesus, ainda estava vazio. Sentou-se ali, não muito longe da Esther do Germano, que a olhava de esguelha, com suas maneira aburguesada, r*empli de soi-même*. Mas preferiu ficar ali mesmo, na retaguarda da grande nave onde ecoavam as notas de um hino preparatório. Outros chegaram: a mulher do Laurentino, fiscal da prefeitura, o frentista do Posto da Avenida, a sogra do tabelião e um menino que ela nunca tinha visto. Seus olhos começam a vasculhar o templo, sentindo-se como Jonas no ventre da baleia, como enviada a uma Nínive desconhecida onde seria vomitada. Na retaguarda contempla ombros, cabelos, gestos, como se consultasse cada qual em seu lugar: vê uma cidade inteira sendo roubada pela sua particular inquisição. Ela vai se lembrando dos defeitos de fulana, das manchas de beltrano, da má-fama de sicrano. *Ninguém pode me atirar pedra*. Resignada, acalma-se, queria entregar a sua vida, a sua nova vida no altar supremo de Deus. Vêm do altar as notas delicadas tiradas ao piano centenário pela organista Veridiana. Som que lhe toca profundamente e uma lágrima começa a desmanchar o pó de arroz na face: "Segura/na mão de Deus/Segura na mão de Deus/Segura na mão de Deus e vai... Não temas/ segue adiante/ e não olhes para trás." Não controla mais o pranto, como se aquelas águas interiores tivessem a missão de diluir o seu passado e provocar uma mudança, fruto de um milagre ordenado pelas inúmeras legiões de anjos comandadas pelo Senhor. Sentia um sinal. O mover de Deus a tocar-lhe o íntimo. A pirotecnia da auto-acusação. Lembrou-se de quantos anos se passaram desde que fez a primeira comunhão. O confessionário estava bem ali, nunca tinha aberto seu coração com o padre, sentia chegada a hora de fazer um sacrifício, oferecer penitência, livrar-se do jugo do pecado, lançar fora as correntes, mergulhar no fundo abismo as suas maldições.

No transcorrer da pregação imiscuem-se lembranças de fora tentando demover sua atenção, mas se em algum momento o coração bate em retirada, os olhos fixos nos olhos do padre (que parecem direcionados apenas para ela) chama seus sentimentos à ordem. Atentou os ouvidos para a mensagem que varava, como um vento veloz, a imensa distância que a separava do altar e ouviu lá do púlpito mais uma fisgada em seu íntimo, o padre abrindo em Gálatas 2:20 e passeando sobre sua consciência: "Já estou crucificado com Cristo; e vivo, não mais eu, mas Cristo vive em mim; e a vida que agora vivo na carne, vivo-a na fé no filho de Deus, o qual me amou, e se entregou a si mesmo por mim." Seu corpo antes profanado pela luxúria e seduções baratas, agora parecia sucumbir-se ao sermão, que lhe penetrava a consciência como uma perfuratriz.

...

Quando Padre Olivier, com suas mãos enormes, levanta o cálice (na hora da ceia santa ela se recorda do dia em que o agudíssimo professor Gradim mandou-a consultar seu sobrenome no dicionário, lembra-se do susto, da sentença que o crente falou, a semente do diabo na sua cabeça), sente a vontade de participar da eucaristia, mas lembra nunca ter se confessado. Chegada a hora do pão: a hóstia consagrada levantada pelo Monsenhor exerce um fascínio sobre ela: atraída pelo convite do grande banquete espiritual, esquece suas manchas, já não se incomoda com a cortina de olhares, artilharia de acusações e já está na fila, que aumenta como uma serpente a lamber as duas fileiras de bancos. Ninguém a vê, só ela percebe a cidade recalcitrante e de joelhos renovando seus votos. Ela não queria ser mais uma, queria a purificação. E buscava, sedenta, a transformação. Deus está no meio de nós, disse, reverente, o pregador. Ela sabia que sim.

O novo milênio chegaria em sete dias, novo como a criatura em que se transformou. Só faltava requerer em Juízo a mudança no registro.

Um dia na vida de Constâncio

Vou então para a janela
e olho a cidade que não é mais minha.
Lourenço Cazarré
"Mata-moscas"

Ainda os raios de sol não haviam despontado por trás da velha pedreira, quando desço os três degraus que separam a Viação Citram da cidade que eu deixei há mais de trinta anos. Estou em Santa Rita e, irreconhecível, as pessoas me estranham com seus olhares inquisitoriais. Só a Estação Rodoviária é a mesma: com seus botecos à meia-luz, suas mesas de bilhar nos fundos, gente encostada nas paredes esperando passageiros, outros franzindo a testa para ver quem chega e quem sai, o Ponto de Táxi com seus motoristas tirando cochilos e o campo de futebol em frente: túmulo de disputas, vitórias e frustrações. Há um hotel logo ali, alguém me aponta - era um homem tossindo, tossindo, cigarro descansando entre os dedos amarelados, devia ter em seus pulmões labirintos de nicotina, um toco de lápis preso numa das orelhas, olhando-me de cima a baixo, uma mania dessa gente do interior. Não sei seu nome, mas não ignoro seu jeito, sua forma de estranha amabilidade, não conseguia ver seu rosto, escondido na fumaça que redemoinhava após sucessivas baforadas de outro homem que também fumava ao seu lado, contando, com uma lerdeza quelônica, moedas espalhadas no balcão, palitando os dentes, pensando na vida (que vida?). Havia me desacostumado desse "jeito" na Capital, sempre acompanhado pela pressa, pela simultaneidade dos acontecimentos, pelo burburinho e confusão de seres e coisas, com suas sombras e seus disfarces. Vou ao mictório: homens conversam sobre futebol enquanto mijam com prazer naquele ambiente fedorento, com garranchos obscenos inscritos nas paredes das latrinas, como em qualquer banheiro público do Brasil. Mesmo assim, parece que estou em outro lugar, insondável, não aquele que deixei um dia. Percebo meninos engraxando sapatos na grande calçada que circunda o terminal. Só a banca de jornal do Giovanni Mannarino não há mais, deve ter mudado para o centro, pois onde estava instalada, naquela época, agora é um cômodo com bagageiro, uma balança e um homem de olhar perdido (como se vislumbrasse não sei onde um mundo menos ignóbil), o engraxate, o relógio na parede, um cão magro lambendo suas feridas e circulando indiferente a tudo.

Apesar da insistência do motorista de praça, estava de fogo, que me viu com a pequena mala na mão, prefiro caminhar até a Pensão do Lalau, mas, pelo que vi, quando o ônibus chegava, não há mais o enorme casarão da esquina, na saída da ponte. Em seu lugar ergueram um pequeno arranha-céu. A província tem dessas coisas: atrevimentos urbanóides. Nunca entendi por que as cidades do interior insistem em crescer para o alto, com tanto espaço em derredor para construir casas com quintal, pomar, jardim e piscina. A especulação imobiliária é um fenômeno universal. Indicam-me o Hotel Bela Vista, não é do meu tempo, mas dizem que os quartos são confortáveis, arejados, com tv a cabo e serviço vip. Não me importa, quero descansar. É cedo ainda e a cidade começa a acordar. No caminho, cruzo os trilhos da estrada de ferro, encontro com estudantes indo pro Colégio Estadual e para a Escola das Irmãs, casais de velhos caminhando, vão indo para a missa das sete?, ônibus que cruzam nos dois sentidos transportando trabalhadores, operários das indústrias têxteis, o que mais há por aqui. Lembro-me quando havia apenas dois cata-níqueis cruzando a cidade de um lado ao outro. Hoje, uma profusão de automóveis, ônibus, lotações – mas a cidade ainda mantém seu ritmo acomodado. No Largo do Rosário, o velho prédio da Cia. Telefônica abriga uma clínica. Na era da informática, não há mais necessidade daquelas centrais, tudo se resolve com um simples toque digital, mas não é fácil esquecer aquelas mulheres sentadas lado a lado distribuindo ligações, plugando fios e estabelecendo conexões, entre um e outro tricotar a vida alheia. Agora, são contatos imediatos, *on line*, sem os gestos mecânicos de introjetar finíssimos bastões em minúsculos orifícios. O DDD, o DDI, as transmissões rápidas e o celular vieram aproximar as pessoas e facilitar suas vidas, mas tornaram mais distantes e frios os contatos. Há como que um sentido de abandono em tudo isso, de solidão cavernosa, de descartabilidade nas re(l)ações. Contemplo os dias que tinham mais vida e luz e parece que uma pungente sensação de isolamento toma conta de mim. É a vida. Tento esquecer.

Na avenida principal - aquela serpente de paralelepípedos cortando o centro da cidade - , mergulho os olhos e vejo uma confusão, ainda naquele início de dia, de carros, bicicletas, automóveis, caminhões de entrega. Uma fila gigante de veículos espera o semáforo liberar o fluxo. Do mesmo jeito só o bronze de Getúlio Vargas de costas para a avenida, alvejado pelas fezes de pombos. Estou em pé, meus olhos giram: sinto que um apito, lá atrás, anuncia um comboio ferroviário trazendo vagões fatigados, cheios de minério. Dizem que a descoberta da bauxita na região trouxe mais empregos, mas poluiu as águas do rio. Aposentaram a Maria Fumaça, o transporte de passageiros que trazia vida à plataforma da velha Estação é apenas uma referência na lembrança dos mais velhos e o que sobrou dos vagões estacionados e do movimento de cargas dos armazéns é uma solidão ferroviária difícil de aturar.

Alguém abre as portas de aço da Casa Nobel (olho de longe e percebo suas paredes avoengas marcadas por mapas estranhos construídos por goteiras). Abrem-nas como há cem anos, imagino, com o mesmo ritual do comércio de variedades, padrões de gestos e atitudes que se repetem, vazios e nostálgicos. Vem um ônibus, outro, outros mais. Santa Rita está de pé. E eu também. Mas em mim sinto um peso que não me deixa sair do lugar.

A cidade pulsa em meio ao meu silêncio e minha resignação. Não acho lugar naquele breve espaço. No Café Lídice o movimento é grande: revezam-se xícaras, colherezinhas, fregueses. As lembranças vêm e voltam. Vejo o dia em que Jânio e seu séquito chegaram ao palanque naquela praça apertada, lotada para o comício. Lenços e bandeiras agitavam-se entre *souvenirs* de vassouras, o mote da campanha moralista que redundaria em fracasso e decepção sete meses depois da posse.

Há uma tristeza comprida nisso tudo e não me sinto à vontade no agora. Aquele homem sorumbático, cabeça baixa, suas costas dobradas pelo peso dos anos, quem é? Foi ali naquela garganta, onde a rua se espreme entre casarios velhos, a linha férrea e o morro da Fábrica Velha, que o Nicanor foi atropelado pelo trem junto com o Robinho: perdeu o filho e as duas pernas e ficou sem vontade de viver. Mas foi depois de perder a mulher para um usineiro de Cravinhos, interior de São Paulo, para onde saiu na calada da noite com a roupa do corpo, que sua vida piorou de vez. Seus dias se consumiram naquela cadeira de rodas, vendendo bilhetes de loteria, fumando cigarro de palha e fedendo a cachaça. Naquele pedaço de cidade, eu tinha nove anos, vi um crioulo possesso ser contido pelo policial e levado acorrentado para o asilo de loucos em Barbacena. Diziam que tinha parte com o demo, mas depois papai me disse que eram os anos de embriaguez atormentando o coitado, que de tempos em tempos cismava carregar um jacaré nas costas e conversar com o espírito do Marechal Deodoro. Em agosto, mês de cachorro doido, ele começava a surtar e só parava no ano seguinte, véspera do Dia de Reis. Logo adiante, o corguinho Lava-pés: criança, eu soltava meus barcos de papel e eles desapareciam na correnteza, iam cair no ribeirão, no Paraíba do Sul, no mar. E eu nem sabia que meus sonhos iam mais longe que eles.

Há algo na rua, nas pessoas (gente que passa de cabeça baixa como se acompanhasse um enterro), nas casas comerciais, nas residências... em tudo, que não reconheço. Uma nostalgia paralisante, como se um curto-circuito me levasse a um exílio no presente. O passado que não alcanço está depositado naquela fria noite de agosto em que resolvi sair para nunca mais voltar. Mas hoje estou aqui para receber uma herança. Não me interesso pelos arrolamento de bens, há uma estrada longa entre a vida e a morte, muitas águas passaram por aqui e eu enfrento, desassossegado, uma desconfortável condição: quase um forasteiro.

Vou tomar um café na Lanchonete Ritz. Ela não existia naquele tempo, no lugar era o Bar Carioca, no entanto é como se as cadeiras, as mesas e o balcão fossem meus velhos conhecidos. Peço uma média de café com leite e pão com manteiga e me servem como nos velhos tempos. Os salgadinhos expostos, golpeados pelas moscas varejeiras, não me animam. Esta é pro santo, alguém diz ao meu lado antes de tomar uma pinga. Lá fora, embora o sol claro, um vento frio percorre a rua estreita entre o corredor de casas. No primeiro gole, há como que uma projeção psicológica, pois remonto ao cheiro da Torrefação Tupinambás, o mesmo cheiro que eu sentia quando os grãos de café eram torrados e moídos e saíam empacotados nos caminhões da firma, em direção à Rio-Bahia. Ao morder uma banda do pão passado com manteiga, minam lembranças tenebrosas. 1964 salta à minha frente e vejo o velho Ulpiano Tavares, ferroviário sindicalista, ser tirado à força de dentro de casa, sob os protestos de dona Mariana e os olhares que nada entendiam do pequeno Haroldo. Dias depois, devolveram-no macérrimo, cheio de escoriações, dois dentes quebrados, a recidiva da bursite e um IPM para responder. Dizem que foi dedurado à Polícia pelo doutor Agnelo, um advogado turrão e sistemático que era informante dos milicos e que mais tarde viria a ser prefeito indicado pelos chefes da política local. Nunca se provou nada, mas quando o Valério alfaiate entrou no camburão e desapareceu por longos meses sem dar notícia, há quem o teria visto de soslaio, na esquina do Banco do Estado, observando, com um sorriso quase escondido, os policiais algemarem o infeliz e jogarem-no a pontapés no camburão. E muitos foram os que, de uma hora para outra sofreram a mesma pecha, sendo conduzidos aos porões da delegacia de Santa Rita, levados para penosos interrogatórios em Juiz de Fora, até voltarem mentalmente enfraquecidos e em decrepitude física. O golpe militar foi uma tragédia humana para muita gente e não foram poucos os que nessa cidade foram interpelados, agredidos, injustamente apontados pelos canalhas burgueses. Não sei se ainda estão vivos: os que sofreram e os que, como Torquemadas de improviso, acenderam a fogueira para nela lançar os "subversivos". Muitos mudaram de lado, quando viram a coisa preta. E, pilatosos, ficaram indiferentes ao sofrimento de ex-companheiros. Os comunistas de araque, de uma hora para outra, travestiram-se em apólogos do novo regime, capachos dos burgueses locais e, sem constrangimento, apontaram os "inimigos" do poder, "entregando" aos milicos gente de toda espécie. Foi o que se deu com o Péricles. Acovardado, deixou o PSD e caiu de pára-quedas na UDN, depois ARENA, e graças à sua raposice e pusilanimidade, serviu incólume aos prefeitos eleitos às custas da opressão do operariado, até cair no anonimato e terminar seus dias como personagem folclórico recitando a Constituição Municipal pelas ruas da cidade. Como o Adriano, que foi manda-chuva na política, alcunhado "enciclopédia política", que passou a vida inteira pulando de galho em galho, orgulhoso por ter nome de imperador, tornou-se um fracassado Maquiavel de província, vaidoso por guardar a memória política de Santa Rita. O que mais gostava de falar era do episódio que marcou a cidade: os tiros na Rádio Difusora, em que um sargento morreu e a culpa recaiu sobre o Tunico Bicheiro, um político despreparado, mas de muita influência. Há quem afirme, nos bastidores, que a bala saiu de outra arma, de um médico genioso e temperamental, que alimentava ambições políticas, mas para não escandalizar a sociedade local, sobrou para o bode expiatório.

São quase nove da manhã e ainda não me instalei. O hotel é logo ali, mas me prostra certa melancolia, algo que eu conheço muito bem, sensação verdadeira, interior, visceral. A dor dessas lembranças me desloca e vão se encachoeirando outros fatos, cascateiam reminiscências de um tempo em que o sol nascia para poucos, época em que os justiceiros, em nome de uma democracia improvisada pelos generais, julgavam e condenavam sem direito a defesa. Não foi assim que aquele arquiteto e sua projetada, peruosa e carnavalesca dama se fizeram? – em cima de degolas e denúncias torpes? Com expedientes malsinados, letras vencidas trocadas por favores? alcovas visitadas por figurões? Aquela cidade que deixei está quase toda diante dos meus olhos [os novos não sabem] com seus velhos fantasmas, suas roupas de domingo, a neurose do professor de matemática, o toupeira do regente escolar (cocho, repulsivo e mal visto), a sucumbência dos barões e latifundiários, os maçons com suas camuflagens morais e suas amantes. Vejo que estou numa cidade difusa, mas a velha "ordem" resiste em minhas lembranças, reverberam insistentes em meus tímpanos os sons das antigas chaminés de tijolos apontando para o infinito; sinto o ricochetear - tloc tloc tloc - dos tamancos das operárias da Cia. de Fios Santa-ritense pelas calçadas ladrilhadas do centro e aquele balé de bicicletas rumo ao primeiro turno matutino da Tecelagem Real. As pessoas passam apressadas. Ainda não terminei o café. Para onde elas vão? – parecem sem rumo. Os novos ares da cidade não me atraem. Ali mais adiante, atravessando a linha do trem, vai o Eurico Novais. Não sei por que razão voltou para Santa Rita. Vivia bem no Rio. Poliglota, dava aulas no Instituto de Cultura Inglesa, foi tradutor da Lufthansa, correu mundos. Já haviam me dito que ele deixou tudo: trabalho, posição, notoriedade, relações com gente poderosa da política nacional para se invaginar aqui. Vive mal, dando aulas de inglês, francês e latim em domicílio, fumando cigarros e filando café nos botequins. O espiritismo o alienou de vez e sua estatura envergada, seu jeito comedido e anulado contrastam com o fausto e a opulência com que viveu tanto tempo na Guanabara. Tanta inteligência para acabar assim: um indigente social, motivo de chacotas, às vezes vivendo até da caridade alheia.

Consulto de novo o relógio. Daqui a pouco já é o almoço e ainda não cheguei ao hotel. Vou andando e no caminho passo em frente à casa que um dia foi nossa – hoje há um cursinho de inglês no lugar – e lembranças difusas me corroem o pensamento: algo brumoso, difuso me paralisa o pensamento, algumas sombras renitentes do passado despertam-me uma certa vertigem de um tempo que me chega como uma borrasca. Caminho em direção a quê? Vejo estudantes vindo da aula, rumo às suas casas, com seus uniformes surrados de escola pública (será que comeram merenda? Ou andam apressados por causa de seus estômagos vazios?). Que estranha sensação me paralisa a alma. Não sei dizer o que é. Vem-me aos olhos o Cine Recreio (será que ainda está de pé, com sua imponente arquitetura neo-gótica?) e as reuniões do Cineclube 7 de Setembro, nos fundos da Padaria do Cabral: quantas fitas de Fellini, Buñuel, Vittorio de Sicca, Bellochio, Pasolini, Eisenstein, Truffaut, Mauro faziam melhores nossas tardes de sábado. Perdi as contas de quantas vezes projetaram *Noites de Cabíria*... tudo parece mais vivo do que nós. E estou aqui por causa de uma morte: burocracia, papéis, cartório, audiência, formalidades que sempre evitei. Desloquei-me para cá como quem vai para o matadouro. Sou um rebanho unitário povoado de animais estranhos. Sinto-me como numa janela que se abre para o nada. Estou no alto e nada me contempla. O fascínio da paisagem não me toca. Tudo o que vejo lá em baixo parece em outro mundo. Há um deslocamento, um ambiente de singelo terror, uma falta de coragem. A província está maior e eu me sinto amarelado, duro, feito um castiçal com uma vela que definha. O Valeriano da funerária não envelhece. Parece que a morte lhe faz bem, esse grande negócio de desejar sempre o pior para se dar bem. Vai ali com sua camionete e algumas urnas entalhadas, encomenda de algum fornecedor. Será que ele já tem concorrente? Era jovem ainda quando herdou o negócio do pai. Vejo a Nalva do Grupo Escolar Coronel Mascarenhas. Depois que a cobra a mordeu no horto, nunca mais foi a mesma. A pecha moral da sociedade não perdoou seu deslize e seu casamento acabou. Foi a mesma espada de Dâmocles dos vigilantes da moral que acabaram com a vida da Elvécia, professora de Desenho. A dúvida que pairava sobre seu lesbianismo (nunca provado), suas relações (demasiado intensas) com a mulher do Dr. Belizário Noronha culminaram na sua desgraça e na calada de uma noite de setembro saiu da cidade com a família e nunca mais se teve notícia dos Navarro. As confidências da cidade se insinuam, buliçosas, nessas poucas horas em que me reencontro com águas passadas e não restabeleço o tempo perdido.

Diante de uma janela fictícia, numa sacada distante, o que vejo não me pertence.

Até aqui continua vivendo o doido-varrido do Anacleto, coçando-soprando suas feridas, com as mesmas manias de antigamente, como sentar praça na esquina do Centro Espírita e repetir aos quatro ventos que o homem nunca foi à lua, que beber leite e chupar manga era a morte certa, que o mundo não passaria de 2000. E estamos aí, como antes, com as mazelas de sempre, com dona Judite repetindo *ai, Jesus!* diante do perigo e a cigana Gerolisa mostrando seus dentes de ouro.

As pessoas passam pra lá, pra cá. Como conseguem ficar assim, para sempre, no mesmo lugar, para acabarem sempre iguais uns aos outros: medíocres, doentes, alienados, sem graça. Proscritos. Umas mulheres com sacola na mão, outras carregando crianças, o verdureiro com sua cesta gritando alto, as casas comerciais com suas caras sempre iguais, os bichos-preguiça escalando os fícus da praça, o caminhão da prefeitura andando devagar enquanto os garis, mecanicamente, vão recolhendo o lixo depositado nas portas das residências. Daqui a pouco vão despejar essa sujeira toda do outro lado da cidade, onde uma sinistra alegoria de urubus repete a cada dia o seu sinuoso bailado de abutres. Ainda não construíram uma usina de reciclagem de lixo. O tédio sempre igual em todos os lugares.

A audiência está marcada para as 3 da tarde. O antigo Fórum era ali na praça. Pelo endereço da intimação, vejo que mudou para um bairro novo. Agora está instalado no Palácio da Justiça. Deram à praça o nome de um procurador assassinado por um coveiro num verão distante e tórrido. Devo entrar no hotel depois do meio-dia, assim evito pagar uma diária. Devo almoçar aqui pelo centro, mas enquanto isso, vou andando, andando, andando... sem dar no mar, ver se reconheço mais algum rosto, algum ambiente, nesses passos que parecem pisar um terreno movediço onde pululam armadilhas psicológicas, recordações cruéis. O velho Mocambo era aqui, agora vejo um Banco. A antiga praça cercada de instituições financeiras perdeu seu bucolismo e o que vejo nos bancos sem encosto? – agiotas, apontadores do jogo de bicho, aposentados, sensores da vida alheia, gente olhando para nada e outros dando milho aos pombos. Já vi muita gente que não me reconheceria. E lembro delas, do seu passado, de suas superficialidades e dissimulações. (A Marília passou por mim, abraçada a um adolescente, deve ser seu filho, parece ter mais de cinqüenta anos, e não me viu: teria sabido quem sou?A disputa entre ela e a Suzana , para ver quem ficaria comigo no baile do Municipal, marcou a minha vida. A mesma vida me colocou longe delas. Tanta coisa podia ter acontecido, mas a realidade foi muito maior que nossos desejos.) Ainda há pouco alguém que bebia indolentemente no balcão do bar, interlocutando com o companheiro de copo, comentava a lei estapafúrdia sancionada pelo prefeito: um vereador, Agostinho Bostanelli de Pádua, dono de uma academia de ginástica, conseguiu pleonasticamente o óbvio: aprovar seu projeto que obriga cada cidadão municipal a cumprir a lei. E do quase-bêbado, ouvi uma sentença inteligente: "excesso de musculação prejudica os neurônios e desmoraliza a Câmara". Não, não sei se vale a pena sair escarafunchando a cidade, a memória as coisas, topar com gente que não me traz boa lembrança (como o esquizofrênico jornalista Salatiel, que detestava crianças e morreu com arteriosclerose, falando sozinho, sujando calças e repetindo em praça pública "Maldito Sabin") ou quem reacenda velhas paixões (onde andará, Aurinha, inesquecível e bela?). De mim ninguém mais dá conta, mas é estranho como essa gente, esse lugar, essas coisas não saíram de mim. E estão no mesmo lugar. Numa ilha estancada dentro de mim. Recuso acreditar, mas não consigo. Nesses quase quarenta anos nada desapareceu. Sinto agora que do mais fundo da hibernação há um vulcão cuspindo lava. Lá fora um silêncio copioso, carrasco. E uma lâmina. Uma noite. Um descaso. Tudo parece esquisito. Como um curral de alienados. Não vou muito longe. Volto ao bar, peço um pastel, um caldo de cana. Anos atrás, quando vinha do Colégio, parava ali: o bar era outro, um boteco, os fregueses também, pedia um pingado, às vezes um guaraná Mineirinho (ou um Grapette) e ia pra casa. Minha mãe não entendia por que eu nunca tinha fome na hora do almoço.

Oh, o Cantídio está vivo. Cabeça baixa, sobe o Calçadão, ensimesmado, macambúzio, mais sorumbático que antes. Fazia chaves e nunca teve filhos. Parece seguir em frente, até sua casa, que fica do outro lado, na boca da ponte nova. Carrega ainda o peso daquela morte besta, meu Deus. Por causa de um cachorro que levou o chute de um bêbado, perdeu a liberdade e quando voltou já não era o mesmo. Mais adiante pára com o Pasqualino, "filósofo", no Café Estrela Dalva: ali está um homem – e sua patológica misantropia – que sempre viveu longe de todos; o mundo mudou, o milênio trocou de pele, mas a sua realidade de todos os dias é a mesma: espantosa, crônica, árida; parece ainda mais distante agora, fruto de sua intelectualidade doentia e de seu bacharelismo contaminado. Está ali, como sempre, como um fóssil: calado, meditabundo, nariz-em-pé, olhando todos por cima, diminuindo as pessoas (a única forma de sentir-se maior que elas), nada escapando ao seu funil crítico e à sua língua carbonizante, tão preconceituoso e racista: detestando pretos, nordestinos, judeus, crentes e veados. Vai acabar sem que encontre mãos suficientes para conduzir o seu caixão.

Finalmente chego ao prédio da Justiça, sem me instalar no hotel. Tudo foi muito rápido e já estou aqui, depois de perambular pela cidade com uma bolsa na mão. Um filme inteiro diante dos meus olhos. Nos corredores enormes, com vozes que ecoam ininteligíveis, sinto um ar burocrático, solene, desumano. Uns entram. Outros saem. Oficiais de justiça saem apressados das salas de audiência. Vejo velhos advogados, ainda em atividade. Não me reconhecem. Há outros, muito mais que antigamente. Ouvi falar da profusão de bacharéis em Santa Rita, a tropeçar uns nos outros, formados nas fornalhas das faculdades de fim de semana espalhadas pela região. A ditadura, penso eu, fez tantos males, entre eles a famigerada reforma do ensino do Passarinho, que criou facilidades para abrir escolas de ensino superior, gerou o sistema de créditos que pôs fim à coesão das turmas e daí a desqualificação das escolas e a má formação dos profissionais. Estão aí, peticionando. Os rábulas de antigamente – lembro-me do Dr. Lazir Ruas, que encantava nas Tribunas cíveis e criminais com sua agudíssima cultura de prático das leis – eram infinitamente superiores a esses profissionais de algibeira que envergonham a Justiça e a Magistratura, incompetentes e voluntariosos.

Enquanto espero o secretário da Vara anunciar meu nome para a audiência, vou ao banheiro. Que desagradável... quanta sujeira: duas torneiras sem funcionar, a outra vazando, vazando, o chão alagado, o mau cheiro de duas privadas cheias de merda, volto sem fazer xixi, penso: banheiro público no Brasil é caso de polícia e de falta de educação. Tento não me enervar, a audiência é daqui a pouco. Não imaginava encontrar a Marlienira, tabeliã do cartório de protestos, a escrivã que há trinta anos era cobiçada por tanta gente. Acabada, sem sangue, um tanto desfigurada. Os anos e suas erosões!!! Pelo que parece, voltou a morar aqui, depois de tantos anos fora, amasiada com um figurão da alta, da Assembléia Legislativa em Belo Horizonte. Quem diria, penso eu, aquela mulher, loura, refinada, com suas ancas de Marylin Monroe, que quase acabou com o casamento do Juiz da Comarca, doutor Gláucio Sandoval (dizem que o desquite dela foi o mais rápido na história da justiça local), está aqui como um espantalho, pelancuda, uma funda tristeza em seus olhos, sem fisionomia, sem o nariz-em-pé de seus tempos de mulher vaidosa e sedutora. A vida, os sentimentos humanos, as tramóias do destino, as voltas que o mundo dá e a gente, a gente, a gente, a gente às vezes acaba no mesmo lugar, sofrendo a cada dia o mesmo tédio e a mesma tristeza dos domingos parados.

Hóspede anônimo, Constâncio contempla tudo com a lentidão de seu olhar, tentando reconhecer-se em tudo, desconhecido de tudo o mais.

Olho lá fora: ainda não apagaram no antigo muro da fábrica de macarrão, hoje em ruínas, o jargão eleitoral: "Não se desespere, Jânio vem aí". Veio e não ficou. E quantos vieram e carregaram pra longe as esperanças de um povo? E quantas vezes no portão de entrada desse pastifício, eu vi o Patrocínio, com seu cenho carregado, seu insuportável mau hálito, seu bigodinho de Hitler, seu repulsivo puxa-saquismo e a bizarra mania de amassar no bico do coturno as pontas de cigarro, enquanto controlava por debaixo dos óculos os empregados, chancelando seus cartões no relógio de ponto. (Às segundas-feiras, dizem, acendia velas pras almas na encruzilhada do cemitério).

Vai começar a audiência e enquanto isso emergem fragmentos de um passado que insiste em pulular. Intermitências da memória em que vou garimpando dores e delícias. São lembranças com sua intensidade fulminante. Como aquele dia em que pela última vez falei com o Mauro Sérgio, antes de empregar-se na Dennison e trocá-la mais tarde pela estabilidade do Banco do Brasil. Depois soube dele em Brasília, Nova York, Tóquio, o mundo. Advogado recém-formado, com seus arroubos utópicos e suas esperanças joviais, não demorou a experimentar a frustração e os golpes, mas deu um maior, preferindo lançar âncora a enfrentar o mar de pequenez dos seus algozes. Apontado como subversivo junto com os editores da Tribuna Regional, repetiu o vesuviano e iracundo poeta Souza Guerra: "quem fica aqui, morre de tédio ou de cirrose, triste cidade em que as pessoas parecem feitas de matéria plástica". Às vezes, a pior covardia é ficar, porque nos tornamos menores que o mundo e a prisão que nos conflagram. Mauro foi atrás de seus sonhos e os que defendiam outros, menores e aviltantes, caíram no lixo da história, reduzidos ao olvido, candidatos civis à marginalidade política e cultural.

Alguém me aponta a sala, olho de longe, premeditado, minha curiosidade metafísica contrastando com a purulência de um ambiente espartano, cheio de mentiras cosméticas, poluído de verdades paranóicas de um mundo leguleio. Diviso na austera mesa de audiência pequenas pilhas de livros (certamente alegria futura de bibliófagas e insaciáveis traças), um homem (leio seu crachá e fico sabendo seu nome: Duílio) faz um sinal com o braço, entendo que tenho que entrar e o pregão altissonante interrompe minha vaga imaginação:

- Processo nº 171.277, da 4ª Vara de Família - Inventário de Carmosina Santana, sendo inventariante Constâncio Armindo Santana - proclama o oficial, com suas axilas suadas e malcheirosas, um homem cuja obesidade dava-lhe uma aparência vulgar e triste.

Compenetrado, adentro a sala, onde me esperam o Juiz Titular, o representante do Ministério Público e uma escrivã morena e bela.

Quando sair daqui, quero tomar um banho. Ablução reparadora depois de atravessar o deserto. E tentar pegar o primeiro horário de volta para o Rio.

Ao tomar lugar no assento do ônibus que o levaria de volta a respirar a brisa do Atlântico, Constâncio sentiu que o distante Heráclito o acicatava a consciência: nem ele, nem o velho rio, nem a cidade eram os mesmos. Então, abriu *Hóspede Secreto*, de Miguel Sanches Neto, um dos livros que trazia na bagagem. E os olhos, ciceroneando seu espírito escrutinador pelas páginas, como ele pela cidade que deixaria para trás em pouco, leram: "Tudo tão conhecido e desconhecido. Por isso eu caminhava lentamente, tentando me acostumar."

E com ele seguiu a sua única certeza: voltar de novo à vida.

UM CADÁVER NA AVENIDA

Houve a vida.
E o menino espiava o mundo
à espera dos sóis prometidos.
Fábio Campana
"Todo o sangue"

No ano em que o Brasil tentaria pela primeira vez o tetracampeonato de futebol e mamãe chorou a morte súbita de Heron Dominguez e dos cento e oitenta e oito que perderam a vida no incêndio do Edifício Joelma, em uma tarde de abril, descíamos o Morro do Colégio Estadual em direção ao centro da cidade. Santa Rita não tinha muitas ruas. A saída dos alunos do turno vespertino enchia de vida aquela avenida, cortejada pelos flamboyants e o merencório corguinho, estirão fétido com suas margens escamosas e águas mulambentas a exalar mau cheiro, donde saíam tropas de pernilongos para as noturnas conquistas epidérmicas. Vez por outra, um barquinho de papel lançado por algum garoto quebrava a monotonia daquele canal de esgotos e passarinhos melodiavam nos oitizeiros que sombreavam as calçadas. Dali também era possível escutar o sino da Matriz, com seus pêndulos fatigados, que batia de hora em hora. Mais que isso, impossível. Nada abalava a realidade provinciana. Nem o apito das chaminés das fábricas de tecidos com sua concupiscência capitalista convocando os operários.

Naquela tarde não houve a prova de português do professor Guanabaro. Mais tempo para estudar: o exame foi remarcado para a aula seguinte, dois dias depois. Voltávamos para casa, tentando matar o tempo, eu no dorso da velha Bristol que repetia seu ritual camelando por aquele mundo em que meus olhos desertavam, miragem nas casas de ricos, as mansões que se alinhavam até o fim da comprida avenida, cortada ao meio pelo Lava-pés, que seguia seu curso imune ao que se passava dentro daqueles castelos, nas alcovas insondáveis com seus mil corações que não sentiam o mundo de cá.

Era um sonho "namorar" aquelas residências cinematográficas lambendo com os olhos a riqueza exposta. Aquela parte da cidade surgia como um laboratório da arquitetura moderna. Cada casa que se erguia, disputava com as demais a condição de melhor projeto; uma competição velada, mas soberba. A novidade, a última palavra em revestimento, a criatividade na piscina, a solução diferente no teto, as alternativas de decoração para ambientes, a renovação estética, a planta do destacado projetista internacional, a porta eletrônica, a célula foto-elétrica que detonava, ao mínimo sinal de escuridão, os canhões de luz na piscina do doutor fulano, o portão automático da casa da viúva de beltrano, o painel em azulejos, longe do alcance dos pichadores, no jardim suspenso de sicrana. Iam buscar nas revistas de arquitetura e decoração trazidas do Rio, São Paulo e Milão argumentos para aquela Babilônia em gestação abaixo do Equador, no interior de Minas.

A gente espiava espantado aquele mundo diferente e intangível. Misto de curiosidade e ambição, de cobiça da grã-finagem em meio a uma realidade agressiva, hollywoodiana, de deixar boquiabertos os estudantes de uma escola pública, obrigados a conviver com a aparência do fausto antes de voltarem para suas casas - outra realidade, não menos espantosa - onde a modéstia e as limitações falavam mais alto que estes sonhos juvenis carregados de desejos tão puros quanto - na esmagadora maioria das vezes - irrealizáveis. Falsa consagração da convivência dialética num mundo construído sob os pilares das ambigüidades e injustiças.

O Zé Almino, regente das turmas da tarde, anônimo como todos nós, apesar da humildade e poucas luzes, gostava de etiquetar o vazio da vida, rotulando as situações que via pela frente. E um dia, descendo conosco após a última aula de matemática, ele um homem novo, mas triste, seu rosto arruinado por uma angústia que ele tentava dissimular com a amabilidade, comentava ao ver nossos olhinhos luzidios, admirados com aquelas casas maravilhosas e seus habitantes nunca conhecidos:

– Vivem numa ilha de fantasia. Aqui fora é que é o mundo. E a vida não dá trégua.

Não vi despeito, desânimo ou melancolia naquele comentário, mas a sabedoria dos que irradiavam certa filosofia no seu modo de ver e pensar, fruto de experiências tão antigas como a fé dos homens.

Sempre me reportava (freio interior?) a essa observação, tão logo, em minhas passadas diárias pela Avenida, ressurgiam no meu íntimo desejos consumistas além de minhas posses, ambições patrimonialistas além da conta, o desejo de dar um chute no azar, de não ser instrumento da inércia, esperando a morte chegar, como o meu avô Rosendo e seu câncer a bifurcar-se por suas vísceras.

Aí dentro, Jorginho, não são mais felizes que nós – disse-me ainda outro dia. Parece que entrava em cena seu promotor interno, pois não perdia oportunidade de nos doutrinar contra arraigados desejos de prosperidade, despertados pelo contato diário com aquela exibição pública de poder, riqueza e glória. Um dia ouvi dele, e nunca me esqueci de sua visionária desconfiança do mundo e dos seres, ele, num raro arroubo de destempero: *Todo milionário tem em sua fortuna alguma origem deonesta e todo algoz um dia encontra um que lhe tira a majestade de dono da força*. Ele me faz lembrar agora o que aconteceria mais de uma década depois com aquele vereador arrogante, o homem de cabelos cor de prata, cuja prepotência não pôde adivinhar o trajeto feroz dos balaços disparados por um irado funcionário da necrópole municipal demitido de forma soez.

De um lado e de outro da Avenida Brasil, um corredor de vaidades. A vida parecia estável, eterna para aquela gente. Fora dali, eram aqueles becos com suas casas geminadas e falta de privacidade; eram quintais imensos, com cerca de bambu e arame farpado, tanques cheios de roupa com aquelas mulheres gordas lavando e quarando e aqueles varais tristes com sua coreografia multicor, sua geografia de remendos e seus domingos silenciosos e sem passeio. Além daquele mundo, eram as mãos de chumbo de seu Osório descendo veloz sobre a face de dona Eugênia e a vizinhança fechando as portas para não ver nem ouvir; era a língua de dona Domingas espanhola labaredando contra a vida alheia, eram os congas surrados dos meninos da rua a caminho da escola e a mãe do Arlindo o trazendo pela orelha, depois de matar aula pra caçar rolinha na mata do Ginásio. As lembranças de um mundinho besta cresciam como bola de neve: a catinga do esgoto a céu aberto correndo pela rua esburacada, por onde boiavam as fezes da vizinhança, o chiqueiro do seu Nicolau no fim da rua, o Celsinho descendo pro centro para biscatear um carreto, os gêmeos da Otília catando lata e garrafa para vender no ferro velho do Fritz, a dona Margarida, forte como o diabo, carregando seu reumatismo de trinta anos, aperreada com a mãe entrevada em casa, o Missias Tower, marceneiro e traficante, preso hoje-solto amanhã, os surtos da louca Jurema e a ambulância da Casa de Saúde vindo buscá-la pra levar pra Barbacena, os meninos catarrentos da Jandira, *era tudo isso que queria deixar pra trás*, pensava no lado faustoso da cidade, e lembrava-se do irmão fraco da cabeça baratinando tontamente pela noite em seu trajeto zumbinoso de insônias, vagando feito fantasma; era a mãe e seu rosto em ruínas; eram casas com urinóis debaixo das camas e banheiros do lado de fora e cães opulentos de sarnas pelas ruas sem calçamento; eram aquelas crianças barrigudas que via nos terreiros contíguos, a cisterna aberta da casa do Mané Juquinha, buraco sinistro que um dia engoliu o Carlinhos; dona Zildinha, maltratada pelo marido, a Marilza saindo com um e outro (desde que apanhou na cara em frente à Caixa Estadual, *todo mundo viu, até o Célio Doidinho, ela nunca mais foi a mesma*), a Biloca mudinha repelindo o arremedo das crianças e ele acordando com o barulho do padeiro jogando o pão na varanda. E seu pai todo dia batendo ponto em frente ao rádio pra ouvir o Gontijo Teodoro – *Aqui fala o seu Repórter Esso, testemunha ocular da história* –, venerando o retrato do ditador desbotado na parede, *se não fosse o doutor Getúlio, nem aposentadoria nóis tinha.*

Isso não é vida, mãezinha, vã'mudar daqui, sô. A irmã, nem bem terminou, o pai respondeu com um tapa seco na cara. *Se tem vergonha de morar aqui, arruma um hômi que te dê casa e comida lá na cidade. Eu tenho o que Deus me deu e me conformo com a sorte.*

Às vezes doía, doía tanto quanto a obrigação de tomar meses a fio vidros de Óleo de Fígado de Bacalhau para combater seu raquitismo, aquele líquido viscoso e enjoativo que ele abominava. Só não doíam os seios da Suzinete da Ester servindo de pasto para seus olhos, e às vezes acho que tinha vontade de dizer também: *vamos morar na Avenida, pai.* Mas, doía também saber que era impossível *tá com o ovo atravessado, menino, no Dia de São Nunca a gente muda pra lá* e que estaria matando o velho, já cheio de encrenca na vida, varizes pra contar e nenhuma perspectiva diante dos olhos.

Não podia deixar de estudar. *Estudar demais fica tan-tan como o Glicério, do Neco tintureiro.* Ele era o único que quis terminar o Colégio. Não queria repetir nos seus descendentes o jeito arroceirado da família. O Tesouro da Juventude abriu um mundo pra ele. A estúrdia da Helena não terminou a oitava série. O Nevinho, depois que foi expulso do Colégio Antônio Amaro por ter soltado peido alemão no banheiro das meninas, não quis mais estudar, foi trabalhar na fábrica de vassoura do Alaor, vive lá com a Marilda entre tapas e beijos, cobrando migalhas de amor; o Gerson não troca sua vidinha naquele açougue, amolando faca, cortando carne, quebrando osso, ele diz que dá pro gasto, pra forrar os estômago da mulher e dos filhos, *vida besta, meu Deus.* Diz que tem a confiança do Honório, que já prometeu, quando aposentar, colocar ele na frente do negócio. *A mãe taí, as pernas inchadas,* lavando roupa pro pessoal lá de baixo. *Ah, se a mãe pudesse lavar roupa na casa do povo da avenida, lá deve ter máquina de lavar, não ia ter gastura na unha, nada. Mas, Deus sabe de todas as coisas.*

A Silvana é outra, também não quis saber de estudo, (*a Lurdinha do Ezequiel é que foi longe, fez o Normal, muito preparada*), faz unha nas casas, vende Avon, se vira sem patrão (nem importa se a vizinhança fala, discrimina por ela estar de porta em porta, mas está tirando o dela). Eu vou acabar o segundo grau, senão vou terminar indo pra fábrica, comer algodão, barulheira o dia inteiro, acabar surdo e encostado no INSS, como o Geraldino, agüentando desaforo da Esmeralda, o dia inteiro dentro de casa. Eu vejo como a Nélia reclama da vida que leva, *não quero acabar com a Nenéca da Laura, atropelada na rodovia, sem assistência e sem testemunha,* com as unhas no toco de tanto nervosismo: o dia inteiro em pé, trabalhando naqueles teares barulhentos, sem quase poder ir ao banheiro, reclamando das hemorróidas, correndo atrás de benzedeira, fazendo promessa para um santo e outro. Namorou-noivou o degas do Vinícius, que só queria saber de contar vantagem, mas nunca passou de contra-mestre na Saco Têxtil e nunca alcançou o sonho de ser baterista do Conjunto Spalla. Agora ela está só. Lá na fábrica dão vale transporte, tem refeitório e ônibus, mas isso não é vida pra sempre. O melhor é ser como o patrão dela e morar na Av. Brasil, carro na garagem, piscina em forma de coração, aquelas plantas todas em volta e interfone com câmera para receber só quem interessa. E nunca precisar de ganhar roupa usada dos primos do Rio.

Vai rezando, quem sabe Deus te ajuda, meu fiiiiii. Quando Jorginho estava assim macambúzio, pensativo, absorto em seus pensamentos platônicos de riqueza, sentado na porta que dá pro quintal, a mãe sabia que ele estava com aquel angústia antiga, cheio de todo domingo comer macarronada com frango assado daquele forno elétrico que fica na calçada da padaria do Bento.

Viu o filho da Sebastiana? - Quem diri... o Serginho que servia de mulher para todo mundo na rua , passou no concurso do Banco do Brasil. Vai pra Ibotirama, dizem que fica na Bahia. Filho de pobre só anda pra frente quando vai pra longe, passa num emprego desses, aqui não tem colocação. No Banco, na Caixa, na Telefônica, nesses empregos de governo aí. Deixa de olho grande e esquece esse negócio de doutor, faculdade é pra gente rico, num sabe?, a gente come chouriço, não pode arrotar filé. Ouvia sempre as indiretas dela, que, no fundo, desejava o filho num bom emprego e depois ele cuidava de seguir em frente. Mas ele almejava outra sorte. *Ser bancário, nem pensar, prefiro a morte.* Um desejo antigo, ambicionando ascensão econômica, projeção social: medicina, direito, engenharia. Mas sabia que mesmo se passasse numa universidade pública, como iria se manter, sem poder trabalhar, estudando o dia inteiro? O sustento não viria por mãos milagrosas, pois do mundo não esperava tamanha solidariedade, os pais não tinham de onde tirar.

Voltava para casa com o Vandinho, abril já ia ao meio, seus doze anos indo embora e aquele Ford Corcel atrapalhando a calçada na mansão da Avenida Brasil. Acontecimento fatigando suas retinas: um carro velho, parado, insinuado na rampa de acesso à garagem da casa do Doutor Naby, o dono da Forceluz. Aquele carro velho, um peixe fora d'água, ali, naquelas condições, instigando a curiosidade pré-adolescente. Ninguém tinha dado conta ainda: um homem morto, um tiro na cabeça, que pendia para a direita, enquanto o braço esquerdo fundia-se com o volante, a arma caída entre as pernas, o sangue manchando a camisa, formando uma estranha silhueta, cena fulminando aquele início de tarde.

O engenheiro Belmiro pagou com a própria vida a vida ultrajada pela traição da mulher. A malsucedida tentativa de cravejar de inapelável culpa o pivô de sua derrota matrimonial entrou para a história da cidade com seu manto de silêncio e convulsionou os sonhos de um menino que nunca mais quis morar na avenida, depois da demonstração de coragem artificial de um homem que ele mal sabia o rosto, mas tocava-lhe para sempre seu destino fulminante e compulsório.

A cidade esqueceu o que nunca sairia da cabeça do menino em busca do infinito. Jorginho achava agora que a felicidade estava bem longe desse jeito burocrático de viver. Além da existência supérflua. A morte daquele homem o atingiu como um farol na escuridão.

O sol raquítico naquele fim de tarde de abril completou o silêncio com sua débil luz derramada sobre a avenida e antecipava uma atmosfera penumbrista. E algo definitivamente se rompeu dentro dele.

Era preferível deixar a vida seguir seu curso a atalhar pela voragem da ambição, neutralizando assim os precoces litígios existenciais. Débil consolo saber que lá e cá a vida tinha suas semelhanças na dor. Afundou a cabeça entre as pernas e nessa solitária escuridão repentina lembrou-se de um poema de Abgar Renault; "ser feliz é ser outro em outro lugar".

Decidiu que não queria mais viver no interior, onde algumas alternativas lhe restariam: gangrenar a felicidade ou morrer de tédio. De cirrose. Ou de overdose de solidão num deserto de homens sem pensamento e sem filosofia. Amar essa cidade é como amar uma prostituta. Ou terminar como o telhado da meia-água em que morava com a família: castigado pelo lodo. Para ele, o mundo era mais adiante e uma avenida (e seu cadáver) era apenas uma via estrangeira (um terreno movediço, mundo alheio, baldo da concretude) que separava duas realidades ou cortava algo ao meio. Como o destino.

Antes que seja tarde

Não quer pensar nela, quer esquecê-la,
que se torne escuridão
essa parte gritante da memória.
Ricardo Guilherme Dicke
"Madona dos páramos"

O destino o havia passado para trás novamente. No horizonte, nenhum gozo, a vida sepultada, os dias contados – como se um desse rebanho tivesse sido escolhido para o matadouro. A vida bem cedo tinha despachado os seus demônios. Sem pressa, mas eles vinham, com sua ousadia e suas pernadas. Porrada de amor não dói, a gente desconta, e bem dado, lá na frente, cansei de ouvir dele. Não tinha jeito. *Luciana nunca foi pra mim.*

Você viu, Lu, começou errado desde o princípio, eu disse.

Não, foi você quem quis assim, no afogadilho. Eu não forcei nada.

A pressa é inimiga da perfeição, ela arrematou.

Cisma minha, achei que você estava grávida, um monte de caraminholas na cabeça, não quis dar uma de covarde, me matar ou sair fora.

Podia ter desistido, não estaríamos aqui agora contando os cacos, os filhos sofrendo, a gente se contorcendo em lágrimas.

Não tive forças, pensei na vergonha, enfrentar a sua família, a minha, desistir na véspera não dava.

As coisas são como devem ser, Armando, agora não é hora.

Sempre achei que fosse forte, agora estamos aqui, o que fazer?

Qualquer hora é hora para...

Reparar os erros? – cortou ela.

...para consertar, concluí.

Falta de amor não é, insisti.

São outras coisas, ela sentenciou.

Meu silêncio parecia concordância, mas nele eu esboçava um abismo que nenhuma palavra explicava.

Não tem jeito, Armando, as diferenças são maiores que a gente, o amor não agüenta tanto buraco, tanta trombada.

É, eu sei: a razão tomou lugar da paixão, clareando as diferenças e construindo seus abismos.

A gente não teve força para parar, continuei.

E por isso a gente está aqui, perdido, machucado – ela disse.

Põe machucado nisso, Lu, hoje precisaríamos de um amor perfuratriz, que enfrentasse a pedra que há no lugar dos nossos corações.

Eu sei.

Não fossem as crianças.

Então você está comigo por causa delas?

Não é bem isso.

É sim, é o que te pesa.

Não vamos nos agredir mais, os pequenos não têm culpa.

Se não fossem elas, você já teria vazado.

Não é tão simples assim, entenda.

É simples, sim, Armando. Pão-pão, queijo-queijo. Oito ou oitenta.

Afinal, o que sobrou de nós? Nada. – me disse.

Você fica com as crianças, eu saio com o pé na bunda, o rabinho entre as pernas, uma mão na frente, outra atrás e um mundo de frustrações.

Por favor, agora fazendo a contabilidade de nosso passivo psicológico e material? Estou cansada de tudo.

Estamos cansados – admiti.

Não parece...

Acho que nos faltou coragem para perceber a verdade clara e simples: o nosso amor é um barco perdido.

O dia estava terminando, mas, há muito, já era escuro dentro de mim. Do apartamento vizinho, ecoava um blues melancólico como aquele diálogo que parecia não ter fim. Silêncios e angústias rebarbativos, sempre iguais, caindo como lâminas na gente e nos lugares. A noite parecia que ia durar para sempre, porque dentro de nós já era alta madrugada há mais tempo. Olhei para a porta, contemplei as escadas escuras, como quem descia para um porão e lentamente ganhei a rua. As primeiras luzes da cidade jogavam sombras nas paredes e a lua boiava nas poças d'água. Choveu durante a tarde e eu não tinha visto. Mas o cheiro de terra molhada ainda estava no ar. Quase não percebi o trem que acabava de cortar aquela parte da cidade. Só ouvi o apito do guarda mandando seguir o tráfego, enquanto um cão derrubava uma lata de lixo e o Café Mulambo abria as suas portas. Mudei a mala para a outra mão e, antes de virar a esquina, olhei pela última vez para a janela do nosso quarto e ela não estava lá como de costume. Percebi que a vida, de novo, parecia me mudar de lado.

NO BANCO

- o diabo é que não topo banco.
o tipo da coisa chata é a gente ficar ali
se transformando em dinheiro sem gostar.
Drummond Amorim
"História de um primeiro amor"

Décio estava acostumado todos os dias àquele mesmo ritual de seu vizinho de mesa. Sempre as mesmas caras, papos sem-graça, a falsa amabilidade, num ambiente de trabalho em que imperava um suceder de dias apáticos e melancólicos. A tarefa mecânica de introduzir a chave no tambor da gaveta e rodá-la com gesto fabril, encostar a pasta de um lado, ligar o computador, loggar a máquina. Jorge chegava sempre de cara amarrada: na face, explícita maldição contra o ambiente.

- Cada dia pior isso aqui.

- Por quê, Jorge.

- A vida toda aqui dentro, já são duas gerações em tempo de serviço.

- É dose.

- Bota dose nisso, Décio. Pra cachorro. As coisas não mudam.

- Tem razão. Só o salário muda. Pra menor. E muda a gente pra pior.

- A gente ter que agüentar, por causa do estômago, da família, do crediário - isso mata e o pior é que a vida vai passando e a gente ficando para trás.

- Todo o dia a mesma coisa: o telefone tocando sempre igual, as tarefas repetitivas, os processos, os formulários, reuniões torturantes que não levam a nada e nada muda e a gente engordando essa legião de alienados, de gente até muito satisfeita e...

- Inútil, completou.

- Satisfeitos de sua inutilidade social, arrematou o colega.

- É esse jeito burocrático de viver que está aumentando a lista de debilitados, psicóticos, neurastênicos e o escambau a sobrecarregar a Previdência.

- Gente insatisfeita é um prejuízo para os cofres públicos.

- Nem terapia dá conta, nem reforma resolve o *déficit* da Previdência.

- Só vêem números, cifras na frente de seus olhos mercantis.

- No universo globalizado, é o que conta: produtividade, competitividade, ISO-isso, ISO-aquilo e outros medidores de eficácia.

- O mundo da tecnologia e seus tentáculos, a escravidão eletrônica, os processos internos de aferição de competência, tudo isso gera um mal-estar; e nesse escravagismo neoliberal cada qual por si e que o resto se dane. Vida de gado, rotineira, bestializante, em que a fraternidade é apenas uma sombra esquiva no meio da engrenagem.

- E o que fica dos homens?

- É, nessa briga por espaço, pelo mercado, pelo sucesso, o vizinho, o colega de trabalho, o irmão, cada qual mostra o pior de si para exibir o melhor do seu produto ou do seu serviço. E que se danem a ética, os escrúpulos de consciência.

- Não há solidariedade, cada um que cuide de si, eu tenho que cumprir minha meta, você a sua, o Banco não quer saber se vou cancelar o inglês do meu filho, se minha mulher está no hospital, se o colega está insatisfeito, se...

- ...a vida está uma merda... Eu entro e saio de casa sem saber quem mora no apartamento ao lado, chego dessa droga de banco e não sei quem são os amigos de meus filhos, venho pra cá toda manhã como se estivesse indo pro matadouro.

- Dá nojo, não é, cara? Desse cemitério de vivos, dessa plataforma de vaidades e suas obsessões econômicas, desse grande hospício em que nos metemos compulsoriamente por causa de um salário vil e de uma estabilidade irreal: essa gente de terno e gravata, morando-vivendo-comendo em prédios de luxo, mantendo a pose, estourando o cheque especial, o Credicard, desviando-se dos telefonemas do cartório de protesto: isso não é vida, não é?

A vida.

- Agora criaram outros nomes, signos dessa modernidade avassaladora: não temos mais mesa, é estação de trabalho, somos guetificados, segmentados, reduzidos a objetos que se movem à velocidade dos interesses econômicos, das exigências do deus-mercado.

- É o **ter** engolindo o **ser**. E mais: estamos cercados de imbecis, de gente rebanhosa, mecanizada, pirateando a verdade, comprando ilusões, sem rumo. Isso é a própria solidão, é a morte homeopaticamente ministrada.

- Não, não é vida. Somos autômatos bem comportados, fetichizados; nessa sociedade utilitarista, cheia de gente voluntariosa, acabamos reproduzindo tarefas automáticas, apertando botões, digitando senhas e nossos corpos parecem afundar nesses aquários sem água, nessa bolha sem ar, num mecânico e impessoal balé de simulacros.

- Claustrofobia funcional, disse.

- Parece que esses tempos nos retiraram a única coisa que ainda vale a pena.

- O quê?

- Nossa capacidade de indignação. Sinto-me previsível, ritualístico.

- É verdade, é verdade. E quando chegamos em casa, a televisão nos rouba a mulher e os filhos, catequizados pelo vídeo.

- Quando alguém estoura os miolos, ninguém entende por quê.

- Estou quase a ponto de...

Estava escurecendo, quando um olhou no contador de tempo de seu computador e viu que já havia passado das seis e alguns colegas já tinham ido embora, sem que o notassem.

- Vamos fechar o boteco, meu caro.

- É, está na hora de descansarmos os ossos.

Guardam seus pertences impregnados da mesmice do ambiente e repetem-se com a imutabilidade dos gestos quotidianos, dos vícios sedentários. O outro colocou debaixo do braço o exemplar de "O inferno é aqui mesmo", de Luiz Vilela, analogia satânica da atmosfera em que vivia, e iniciando sua caminhada de todos os dias de volta ao lar, seu precipício, num bloco de apartamentos na Asa Norte, iguais a tantos outros plantados contra a vegetação retorcida do cerrado, espalhados monumental e monotonamente pela cidade.

Rumaram para o corredor, silenciosos, absortos, com a frieza costumeira dos fins de expediente. Dentro, ainda ficaram alguns, fazendo horas extras, vendendo o tempo, mergulhados na incompletude de suas vidas. E o mundo não parecia pior ou melhor depois de mais um dia sem diferença. As portas do elevador se fecharam, e os que estavam dentro, mecânicos e superficiais, deram boa-noite ao ascensorista, e saíram em direção aos seus carros, batizando a noite que se avizinhava com seus corpos cansados e suas almas desabitadas de esperança. Lá fora um vento de agosto navalhava suas faces e compunha o anonimato. E apenas as folhas amarelas de um ipê no canteiro central da via pública sobrenadavam no lusco-fusco da tarde moribunda.

Todas as estações

Olhei o relógio da estação: meia-noite.
Olhei a existência: meia vida.
Olhei meu futuro: meia-volta.
E voltei.
Victor Giudice
"Bolero"

Central

A mulher de meia-idade folheia o catálogo da Avon, enquanto a criança remelenta, de colo ainda, aponta seus dedinhos para a página dos cosméticos e balbucia qualquer coisa *pra lá, menino, mamãe tá vendo,* passageiros revestidos de silêncio se entreolham, em pé, sentados, encostados na porta que logo vai abrir para entrada de passageiros da próxima estação, o pivete com ares esquisitos vai atravessando a composição, rente, rente, encostando, encostando, ninguém percebe a destreza, seis e pouco da tarde, todos saindo do trabalho, funcionários públicos, comerciários, estudantes, gente de terno e gravata, peões, a heterogênea Capital da Esperança está ali, suor, cansaço, olhos pesados, *pára, menino, deixa mamãe ver,*

Estação Galeria, desembarque pelo lado direito do trem

lá fora o pivete corre em direção à escada rolante, mais rápido que o trem saindo da estação, a mulher em pé não deu falta, mas quando chegar em casa, algo estará faltando em sua bolsa, todos fingiram não ver, mas o larápio subtraiu a carteira que estava dentro, de fininho saiu na estação seguinte e quando ela descer, um susto, um sentimento de impotência e *meu Deus, meu Deus, cadê minha carteira, um desgraçado me roubou, disgramado, a gente trabalha feito uma condenada para*

114 Sul

Não é permitido fumar ou comer nas dependências do Metrô-DF. Colabore para manter a limpeza e o asseio nas estações e nos trens.

– A senhora vai pra onde?

– Moro em Taguatinga Sul.

– O menino é seu?

– Trouxe ele pra fazer nebulização no Hospital de Base.

– Parece que está melhor.

– O senhor não viu nada, logo à noite começa tudo de novo, eu e o Raimundo não dormimos tem quatro noites.

– Raimundo é o pai dele, quando fui morar com ele, já tinha o garoto, a mãe morreu no parto lá no Piauí, eu também tinha dois, juntamos os trapos.

– A senhora não é daqui?

– Vim de Piripiri, dois anos nessa luta, mas é melhor que voltar pra seca.

– A vida tá difícil pra todo mundo, dona.

– Deus sabe de todas as coisas.

– E o senhor?

– O Senhor está no céu, mas eu trabalho no Conjunto Nacional.

Asa Sul

– Ah, é gerente de loja?

– Quem dera, dona, sou flanelinha no estacionamento.

Pára, menino, tô conversando com o moço.

– E dá dinheiro?

– Tem dia que tiro 30, 40 reais, no Natal é que é bom.

– E a senhora, faz o quê?

– Lavo, passo, cozinho, faço tudo nas casas, mas não quero me empregar, faço serviço por conta, um dia aqui, outro ali, é bem melhor assim.

– É diarista, né?

– Não falta casa pra mim, não tenho patroa fixa, é menos complicado que ser empregada com carteira assinada.

Shopping

– Dá pra tirar mais assim.

– Cobro 40 por serviço completo, 50 pra lavar e passar, vou em média a umas 4 casas por semana. O Raimundo não gosta não, é meio ciumento, mas como precisa, agüenta. Tô ajudando ele.

"Esse danado desse celular não funciona aqui dentro".

A menina (deve ter menos de dez anos) entra no trem, circula entre os passageiros, repetindo uma ladainha decorada, distribui folhetos xerografados, velhos, encardidos, engordurados pelo sem-número de mãos que as recebem e devolvem (uns lêem, outros não; uns compram o brinde, outros não querem saber) *Eu sou órfã e tenho três irmãos que moram comigo na creche Menino Jesus de Praga na Cidade Ocidental, peço ajuda por favor senhores passageiros pra eu comprá cumida prus meus irmãozinhos, peço sua atenção e sua ajuda adquirindo esta cartela com este chaveiro e esta caneta por apenas 1 Real, eu peço porque não é vergonha, estou pricisada, é melhor pidi du que robá, mas si os sinhores não têm nada, serve vale-transporte, ticket-refeição, uma moeda, qualquer coisa, muito obrigado, Deus abençoe e multiplique a quem dá com coração e quem não puder, Deus abençoe também para que possa ter como dar* e menina recolhe o pouco que lhe oferecem, sai na próxima estação e o mundo como estará depois dela? como estaremos nós?

Feira do Guará

Entretido, sem tirar o olho do jornal, Germano não percebe o senhor de idade querendo sentar. Ele vai passeando nos Classificados com a ponta do indicador já borrada de tinta

> *Asa Norte - 2 Quartos - SQN 213 Bloco A Sala c/var, 2 qts (1 ste) c/ arms. Coz/AS e DCE c/armsa., todo na cerâmica, gar, andar alto c/vista, salão festa, cob. Coletiva, 80m, 370 mil, 226-2164 FC cj6529*

E o homem de idade olhando, certo de que uma alma caridosa cederia lugar, Germano, a mulher do lado, a moça da frente, o homem lendo a Bíblia, circunspecto, lê, ora baixinho, lê, ora, lê, repete pedaços de um Salmo, todos ensimesmados, um sonolento, o outro distante, olhares perdidos, o jornal, os olhos detidos, a Bíblia, Mateus, Marcos, Lucas, João, o Velho Testamento, o Novo, I Coríntios 13, Hebreus,

> *E por avareza farão de vós negócio com palavras fingidas; sobre os quais já de largo tempo não será tardia a sentença. E a sua perdição não dormitará.* II Pedro 2:3

Apocalipse, o jornal, nenhum sorriso, nenhuma reação, a Bíblia fechada, os olhos fechados, bocejo, mais uma estação, páginas que viram e desviram, o jornal,

ESTRÉIA DE GALA

Com gols de Ronaldo e Kaká, Brasil bate Colômbia e se torna a única equipe a vencer fora de casa na primeira rodada das eliminatórias da Copa de 2006.

os olhos cansados, o trem, a Bíblia fechada, o jornal baralhado pelo vento, os dedos pressurosos procurando, procurando

Missa de 7º dia

A família de LUÍZA TORQUATO MENDES agradece as manifestações de pesar por ocasião de seu falecimento, e convida parentes e amigos para a missa de 7º dia que será celebrada nesta terça-feira, dia 9 de setembro, às 18:30 horas, na Igreja São Camilo de Léllis, à EQS 303/304. Por este ato de fé cristã apresentam gratidão.

os olhos, atravessando as pessoas, procurando, os dedos, o jornal, a Bíblia, o jornal, o corredor entre cadeiras do trem, os olhos no jornal, o barulho lancinante da roda freando nos trilhos como de um amolador de facas, a nevralgia estampada na face, o jornal, os dedos mais uma vez pululando

MILENA LOIRA FATAL - recém-chegada de BH, loirinha deliciosa dos pés à cabeça, 20 a. Totalmente liberal, completinha em todos os sentidos. Adoro amar gostoso como se fôssemos namorados. Prive luxo. 345-4863.

Pode sentar, meu senhor, vou saltar em Águas Claras, A voz veio de três bancos atrás, *Obrigado, moço, não agüento ficar muito em pé, e essas sacolas atrapalhando, essa dor nas cadeiras, aaaaaaaaaaaah, Deus lhe pague.*

...

Senhores passageiros, ao embarcar ou desembarcar, prestem atenção: um sinal sonoro avisa que as portas do carro do Metrô irão abrir ou fechar. Ao ouvi-lo, não entre nem saia do trem. Não viaje apoiado nas portas do trem e nem deixe que as crianças o façam. Viajando em pé, segure-se sempre nos pega-mãos. Boa viagem!

Águas Claras

Isso aqui virou uma cidade. O Plano Piloto já não comporta mais a classe média, que se vê obrigada a optar pelos condomínios irregulares ou por essas cidades planejadas que vão surgindo. A Capital do Brasil inchou e vai cuspindo sua gente. O cinturão verde da pátria não há mais. Está acorrentada pela miséria que a circunda. Gente que chega todo dia, se espalha pelas invasões, que viram assentamentos, que viram cidades, que viram o quê? – territórios sem água, sem esgoto, sem asfalto e sem lei. Conglomerado de frustrações acumuladas, *res nulius, res delelicta,*

"Deste Planalto Central, desta solidão que em breve se transformará em cérebro das altas decisões nacionais, lanço os olhos mais uma vez sobre o amanhã do meu País e antevejo esta alvorada com uma fé inquebrantável e uma confiança sem limites no seu grande destino."

Juscelino estava falando de quê?

Da utopia irrealizável, do que foi pensando e sonhado e do que fizeram do sonho. A cidade que sacudiu o gigante adormecido não deu resposta às utopias dos que a ergueram. Quem fez a cidade, está ao largo. Os que não, os que se aproveitaram, estão no Lago.

Torrentes de palavrões se sucedem na boca de um bêbado que circunvizinha a estação, trocentos pensamentos inconclusos.

Tudo era possível nessa cidade que nascia contra a solidão erma do Centro-oeste, inclusive pensar na utopia aqueles hipnotizados pela exclusão.

Taguatinga Sul

Até logo, *peraí menino, espera a porta abrir*, Deus abençoe o senhor, moço.

Pra senhora e pro menino, também.

Na casa alugada da QSD-1 Lote 18, o marido estava no portão de ferro, tinha chegado da oficina, macacão cheio de graxa, as mãos meladas de óleo, a cadela Luma começou a latir quando ela chega com o garoto.

Oxente, isso é hora?

Ô, Raimundo, foi um deus-nos-acuda, fiquei quase duas horas esperando ser atendida no Hospital de Base, depois colocaram o Marquinho numa sala cheia de aparelho, com outras crianças cheirando aquele troço, aquele ar entrando nos bichinhos, me dava uma agonia danada esse tal de nebulizador. Pensei que ele ia sufocar,

Besteira, Ana, eles sabem o que fazem. E o garoto?

Tá bonzinho agora, mas vamos ver se hoje ele deixa a gente pegar no sono. O médico me deu esse vidrinho aqui, ó, pra usar no caso de precisão.

> INTAL Solução para Nebulização - Posologia e Administração
>
> A administração deve ser realizada através de nebulizador elétrico. Adultos e crianças: a dose recomendada é de 1 ampola (2 ml), administrada por nebulização, 4 vezes ao dia. Realizar a 1º administração pela manhã, ao levantar-se, as 2º e 3º administrações ao longo do dia, em intervalos de 4 a 6 horas, e a 4º administração ao deitar-se.

Furnas

A composição tem menos de dez pessoas: um homem de terno azul surrado lendo a Bíblia, uma mulher com duas crianças (uma dorme, a outra olha sem parar para um garoto com síndrome de Down), *aquele sujeito com a pasta e brinco na orelha é meio esquisito, o rapaz de cavanhaque não tira o olho da garota com blusa do Colégio Objetivo,* a senhora na cadeira de rodas (eu não vi quando ela entrou) vai precisar de alguém para tirá-la do trem, um vendedor de balas com seu tabuleiro, sonolento, a gorda de olhos fundo de garrafa, o homem que retira do bolso umas notas de real amarrotadas, o sinal

Samambaia Sul

Verão

REFORMA DA PREVIDÊNCIA - *Lula admite negociação do subteto*

O presidente Lula delegou aos líderes da base aliada a responsabilidade de negociar a elevação do subteto dos desembargadores na reforma da Previdência. Mas a resposta final do presidente sobre o tema só sai na segunda, após uma reunião com governadores.

Outono

HACKER - *Empresário preso em flagrante*

A Delegacia de Estelionato e Desvio de Cargas de Curitiba anunciou ontem a prisão em flagrante de um hacker (invasor de áreas de segurança em sites). Essa seria a primeira prisão feita no Brasil. O empresário João Augusto Fernandes, de 20 anos, sócio da Security Networks, que ocupa um andar em um dos mais sofisticados prédios comerciais da capital paranaense, foi surpreendido quando comprava dois videogames utilizando um cartão de crédito internacional de outra pessoa.

Inverno

AS DAMAS DA NOITE GANHAM O DIA - *A prostituição, antes quase clandestina, agora toma conta das ruas a qualquer hora e em qualquer lugar*

"Elas estão por toda parte, em plena luz do dia, para alegria de uns e desespero de outros. No Distrito Federal, a prostituição deixou de ser uma atividade meramente noturna. A antes disfarçada busca pelo cliente acontece livremente e a qualquer hora em rodovias, salas comerciais, calçadas e boates do Plano Piloto e das cidades. A polícia alega que não há estatísticas fiéis quanto ao número de pessoas vendendo o corpo nas ruas, e tampouco tem instrumentos para coibir a prostituição, que não é considerada crime pela lei brasileira (o lenocínio, ou seja, a exploração das prostitutas por terceiros é que é classificado como crime pelo Código Penal). Mas as estimativas da Polícia Civil dão conta de que, apenas no Setor Comercial Sul (SCS), cerca de 100 pessoas, entre garotos e garotas de programa, passam as noites esperando fregueses. Ali, as saídas custam, em média, R$ 50. O fato é que, no Distrito Federal, o comércio dos prazeres é o mais democrático possível. Há mulheres, homens e travestis para todos os gostos e bolsos. Isso inclui desde as modelos universitárias, muitas delas recém-chegadas de Goiânia, até as meninas bem menos privilegiadas pela beleza e pela situação financeira.

Em locais freqüentados por clientes de classe alta, no Plano Piloto, os programas custam até R$ 500, enquanto às margens das estradas há garotas que só cobram R$ 15. Ao longo das últimas semanas, a reportagem do Jornal de Brasília esteve em vários pontos de prostituição de todo o Distrito Federal para contar onde estão, quanto faturam e quais são os medos e sonhos das (dos) profissionais do sexo e do prazer. Veja o resultado nas matérias a seguir."

Terminal Samambaia

> *Primavera*
>
> Brasiliense de nascença e de fato. O menino que foi roubado dos braços da mãe e de Brasília há 17 anos, quando tinha apenas 13 horas de vida, voltou à cidade para fincar raízes. Ontem, ele assistiu às primeiras aulas em seu novo colégio, o Leonardo da Vinci, na 914 Norte.

Atenção senhores passageiros, este trem chega ao final de seu itinerário, desembarque obrigatório.

> O garoto, que já fez amizades na escola, revelou desejos tipicamente brasilienses. Quer se dedicar aos estudos para ingressar em alguma faculdade da capital e cursar Direito. Depois, sonha em fazer concurso e virar funcionário público. "Posso trabalhar em algum órgão federal e ter uma vida mais segura", disse ele ontem, ao Correio.

Lá fora, a lua beija a linha do horizonte. Abaixo, uma cidade e seus silêncios, entre párias e afortunados. Nos bares. Na Esplanada dos Ministérios. Nas superquadras das asas Norte e Sul. Nas Satélites. Daqui a pouco, o trem volta ao Plano Piloto e repete sua trajetória povoada de sons, gestos, atitudes, outros silêncios, outros olhares, o artificial e o natural de que se compõe este lugar, vai no rumo de quê? De que possibilidade? E de quais espantos?

> Venha escolher o seu apartamento em Águas Claras. Único em seu estilo. 3 e 4 Quartos, sendo 1 reversível. Acima de tudo qualidade de vida. Obras já iniciadas. Residencial Vila D'Oro. Um projeto único no Distrito Federal. Mais que um Condomínio. Mais que um Clube. O Residencial Vila D'Oro

oferece a você e sua família piscina, sauna, quadra poliesportiva, playground, churrasqueira, estacionamento, praças com espelho d'água, especialmente planejados para o seu lazer com total segurança. Prestações a partir de R$ 898,83. Sem comprovação de renda. Visite o nosso stand ou ligue 561-2565.

Anotações no diário de Lucimara
(que saltou na última estação)

"Brasília, quem te envenenou? Quantas feridas, rugas e mistérios. Museu de tudo. Saio pela cidade e vejo-a balzaquiana e triste: rugas, sinistrose, solidão em campo aberto, fome e desalento, negociatas e mistérios na Praça dos Três Poderes. Nas entrequadras, uma geografia de celulites (ambulantes, pedintes, transeuntes sem rumo, famélicos aviltando a moral burguesa), feridas a céu aberto, desvãos do tédio e outros latifúndios sendo invadidos pela angústia sobre o asfalto infértil. Nos intestinos da cidade (pessoas esquálidas sob um céu faustoso e azul) decidem a sorte do País. Mais rápidos que o Zéfiro, meus sonhos capitulam-se ante o inominável: já não penso no amanhã. Desistir é uma questão de tempo." No rodapé da página daquele dia, 17 de agosto, ela anotou: "Solidão é também viver rodeado de imbecis - Geraldo Alverga".

Apressadas e taciturnas as pessoas voltam à estação do Metrô, até serem despejadas novamente no grande terminal rodoviário do Plano Piloto e reproduzirem sua rotina e voltarem novamente à noite e se amontoarem em suas casas, apartamentos, vestíbulos, prostíbulos, muquifos, pensões, cafofos, vagas alugadas, edículas, barracos, invasões, sem nunca acordarem do pesadelo que também se repete, a cada dia, como areia na ampulheta...

Por que saí da Paraíba? Será que Deus me colocou no ventre da baleia para me vomitar em outra Nínive, feito Jonas? (teria pensado dona Zulmira, antes de pegar o trem, na manhã seguinte).

Anotações na agenda de Juliano (que iria embarcar na manhã seguinte em direção ao Plano Piloto):

> "1º de Janeiro/2003 – Prometo, meu Senhor, que este ano será diferente. Meu destino eu sentencio, pois as palavras têm poder e eu profetizo: quero sair daquele emprego, da escravidão do banco, do hospício de gente "normal", que só pensa em dinheiro. Nem que eu tenha que chutar o pau da barraca, rodar a baiana, dar a volta por cima. Se Gauguin largou tudo para ser pintor, quero fazer o que eu gosto: largar o Banco e viver sem patrão, sem horário, sem escravidão funcional, ser eu mesmo, como Gauguin, que deixou tudo sem olhar pra trás. Eu posso, eu tenho 24 anos, ele fez isso aos 35, por que não eu, já? O ano está começando, e eu quero."

A cada dia o seu mal com seus cães espantalhando jardins.

Ontem, como hoje, como amanhã...

No dia em que matei Tarquínia

Eu disse que acreditava em Deus, Tarquínia, só Ele pode te tirar dessa, mas acho que Ele não acredita mais em mim.

O dia tinha dado em chuvoso, como no poema de Pessoa e o Capibaribe (reverberando em mim como o cão sem plumas do João Cabral) não era melhor que o Pomba e o Meia Pataca (rios tuberculosos e miasmáticos, por onde, sem autorização, drenaram meus sonhos), pois não passa em Cataguases e eu tinha lido pela enésima vez *Idéias para onde passar o fim do mundo*, do João Almino, e percebi que há coisas que a gente não cansa de repetir, rebarbativas, mas necessárias: ler um bom livro, andar pelo calçadão de Copacabana, corujar o filho recém-nascido, ter o amigo mais que a um irmão, acreditar que viver é maior que todas as mutilações, que *O Senhor é meu pastor e nada me faltará*, que dívida externa não se paga, que o governo do PT virou uma arca de noé, que Waldomiro Diniz (e seus carunchos na face) jogou merda no ventilador, que o sol é pontual e o mesmo todos os dias (sinal profundo da deferência divina), a Terra é que muda de humor, que um poema de Augusto dos Anjos ilumina mais que todas as filosofias, que... mas hoje é seis de agosto, e há quase seis décadas o presidente Harry Truman ordenara o despejo das bombas atômicas que caíram do Enola Gay sobre Hiroshima e Nagasaki, e nesse mesmo fatídico dia, em mês de cachorro louco, enquanto a empregada de nossa casa sai pra namorar cheirando a Boticário, a vizinha liga a Brasília Super Rádio FM e travestis fazem ponto na via ao lado do Hotel Nacional, e nesse sexto dia do mês aziago, sou obrigado a dar o tiro de misericórdia em Tarquínia, que voltou com o rabinho entre as pernas, depois de um sumiço de oito dias – de ócio, de vício, de cio – depois de segredar com os cães em um contumaz viralatear pelos quintais da vida e voltar hidrofóbica, babando, esquisita e ferida, obrigando-me ao irremediável e absoluto gesto, depois que o veterinário saiu de minha casa com a impotência cravada nos olhos.

Atrapalhando o trânsito

A rua é uma máquina
de gerar histórias.
Marçal Aquino

Não sobrou nada da família de dona Hermínia. Ela saiu de Jacuípe pensando que a vida ia ser melhor em outro lugar. Não foi feliz lá nem aqui. O filho único que deixou no mundo morreu naquela terça-feira gorda ao atravessar o Eixo Rodoviário, pouco antes do meio-dia, em frente ao Hospital de Base. Ele quis evitar o burburinho das passagens subterrâneas, desviar dos camelôs tranca-vias, que se acumulam com seus templos de bugigangas, vendendo artigos importados do Paraguai. Quis ir mais rápido para o outro lado, para ganhar a pista de acesso ao Setor de Autarquias Sul, dirigia-se ao Bloco L, onde iria fazer perícia no INSS e tentar a aposentadoria por invalidez. Já tinha estado lá pela manhã, retirou a senha 341 e calculou o tempo em que seria chamado para dar início à sua nova *via crucis*: lá pela hora do almoço. Mas não imaginou que seria chamado mais cedo para o Céu. Gilson era a única descendência de dona Hermínia, que um dia saiu da seca, nas Alagoas, quando Brasília ainda estava sendo construída: comeu o pão que o diabo amassou, perdeu o marido no massacre da Pacheco Fernandes Dantas, quando ainda estava embuchada do menino e nunca mais quis casar. Quando ela morreu, Gilson sentiu-se só, mas a diabetes já o havia alcançado, mais cedo que à mãe: perdeu o tesão, a vontade de lutar, não arrumou companheira, estava perdendo a visão, um princípio de gangrena no pé esquerdo, deixou o trabalho de balconista na Pastelaria Viçosa da Rodoviária do Plano Piloto e vivia num barraco de fundos em Samambaia. O dinheiro do auxílio-doença mal dava para se manter.

O fluxo vertiginoso de animais metálicos irrompia pela via expressa do centro da Capital e Gilson não teve paciência para descer as escadas que dão acesso às passarelas sob o Eixão e chegar à calçada em frente ao Banco Central e ir por dentro, até chegar ao prédio da autarquia. Preferiu atalhar caminho como sua vida, sempre cortada ao meio. Feito uma pálida sombra em meio a tantos automóveis nos dois sentidos, foi colhido por uma Besta e jogado longe. Quem vinha do lado oposto, não dava a mínima. Os policiais chegaram em meio aos curiosos, quando sua alma já estava longe: a*fastem-se, facilitem a perícia, desobstruam a pista.* Era mais uma vítima em meio a tantas que enxertam os obituários e congestionam o Campo da Esperança. Seu corpo estirado coberto por um lençol branco e cortejado por quatro velas (duas já apagadas pelas rajadas de vento lançadas pelos carros em circulação), enquanto policiais, nervosos, tentavam dar jeito no trânsito e afastar curiosos, jazia, numeroso de trevas e insulina, à espera da burocracia pública, triste e velhaca como a morte.

O mundo lá fora

O trágico é que eu sei tudo
a respeito da vida,
exceto como vivê-la.
Esdras do Nascimento
"A dança dos olhares"

– O sol rebentando lá fora e a gente aqui, enfurnado, disse ele; – o tempo vai passando, e a gente aqui...

– ...olhando um pro outro, espremendo espinhas, namorando as paredes – rematou Osório, um tipo meio tímido, enquanto engraxava o sapato com uma paciência, como se tentasse preencher o vazio do domingo.

– ...a vida passando, a gente aqui, repetiu Xavier, alisando a calva, remetendo os olhos lá embaixo, onde passava um verdureiro com seu carrinho vazio.

Os dois haviam se conhecido na pensão não havia muito.

– A vida tem das suas – um voltou a dizer, com um olhar perdido que atravessava a porta aberta do quarto e varava o corredor até o refeitório silencioso. Pegou o copo d'água, levou-o até a altura do queixo:

– Você não é daqui?

O outro respondeu com o olhar, melancólico.

– Me dá um gole, Osório.

– Tá quente hoje.

– Como veio parar nessa espelunca?

– A vida, Xavier, a vida.

Fechou a porta do quarto, não havia quase ninguém na pensão, o gato de dona Edwiges dorminhocava sob uma cadeira na sala, uns poucos sons vinham da cozinha naquele final de tarde, algumas roupas de hóspedes secavam no varal nos fundos do casarão.

– Nunca se casou, Osório?

Olhou para as nuvens carregadas que ameaçavam diluviar, fixou-se um pouco mais na foto desbotada de Marlene Dietrich no espelho ao lado do guarda-roupa, respirou fundo, como que estudando o que dizer, respondeu negativamente com a cabeça e fitou, com olhar perdido, o ambiente.

A porta do quarto abre-se ao leve tocar do gato, que os olha e volta para trás.

– Vem cá, bichano, vem cá, vem – insistiu Osório e o felino bateu em retirada, sumindo pela casa, enquanto outro silêncio e outra lacuna se instalavam entre os dois.

O que haviam perdido ali? Que morte os espreitava? Que atalhos conduziam ao mesmo lugar?

– Vejo que você levanta muito cedo – puxa conversa com Xavier – e volta sempre tarde. As coisas vão bem com você?

Mais uma vez a cabeça falando por ele nesse quase monólogo de gestos e meias palavras entre dois seres que não se conhecem além dos cumprimentos usuais de chegar e partir.

– O Palmeiras joga hoje em Belo Horizonte.

Ele virou a cabeça, concordando. E soltou: – não ligo pra futebol.

O outro termina de lustrar o sapato, coloca-o debaixo da cama, amassa a cartela de cigarros vazia e lança o bolo de papel ao cesto, ensaia sair, mas senta-se de novo na cama e espreguiça:

– Você nunca fala de si, cara.

– Eu não tenho ninguém aqui. E você?

– Também não. Sou do mundo.

– Faz o quê?

– Uns "bicos".

– E mulher? Tem namorada?

Respondeu com um não seco. E completou: – não quero compromisso duradouro. Depois da última decepção...

Com um jeito paralisado, fitou o colega de quarto, mas o atravessava com o olhar, lembrou-se de alguma coisa escondida na memória, tentou disfarçar um sorriso opaco, teve vontade de continuar a conversa, mas algo o deteve, talvez a sisudez do amigo.

– Você parece triste, vamos tomar uma cerveja lá embaixo, vamos beber e conversar um pouco, ninguém sabe o dia de amanhã, ficar trancafiado no quarto não dá.

Algo te incomoda?

Deixa para lá...

Você sempre me parece longe daqui.

É a vida. A vida, camarada.

Mas as coisas não são tão ruins assim. Olhou lá fora o horizonte de chumbo: – vai chover.

É.

A chuva também é vida.

Eu nunca tinha pensado. Chove todo dia. Todo dia faz sol. Faz lua.

É o ciclo da vida.

Sou incapaz de ver essas coisas, o buraco pra mim é mais em baixo, Osório.

Estamos de passagem, mano, e temos que fazer com que ela seja o menos angustiante.

Você é poeta?

Não, não. Só vejo as coisas como elas são. A gente é que atrapalha a vida demais.

Está parecendo sermão.

Não é isso. Eu não quero encher a sua paciência, mas você precisa matar algo dentro de você, camarada, cada dia o vejo mais fechado e olha que te conheço pouco.

Pode ser, mas nem eu mesmo sei.

Então?

Então, o quê?

Vamos sair? Tem um pessoal bebendo lá no Santoro.

O outro não responde, olha sem dizer nada, incapaz de uma atitude, uma decisão, um gesto de assentimento.

Podia chover sem parar até amanhã?

Você quer uma justificativa para não sair, ficar no quarto, não, isso não... Deus tem paciência com você.

É, podia chover sem parar.

Muito tempo que ele já tinha mandado um outro dilúvio para nós. Mas, também, se mandasse, seria o fim, pois dessa vez ele não encontraria nenhum Noé. Você não acha?

Ele não respondeu. Olhava para o tempo e seus olhos pareciam tentar reconhecer a mulher que atravessava a rua sob uma sombrinha.

Ronaldo Cagiano nasceu em Cataguases (MG) em 15 de abril de 1961 e vive em Brasília desde 1979, onde formou-se em Direito. Colabora com resenhas e artigos em diversos jornais e revistas. Publicou: *Palavra engajada* (poesia, 1989), *Colheita amarga & outras angústias* (poesia, 1990), *Exílio (*poesia, 1990), *Palavracesa* (poesia, 1994), *O prazer da leitura*, em parceria com Jacinto Guerra (contos juvenis, 1997), *Prismas – literatura e outros temas* (artigos e resenhas, 1997), *Canção dentro da noite* (poesia, 1999), *Espelho, espelho meu* - em parceria com Joilson Portocalvo (novela juvenil, 2000), *Dezembro indigesto* (contos, Prêmio Bolsa Brasília de Produção Literária 2001) e organizou as coletâneas *Poetas mineiros em Brasília* (2001) e *Antologia conto brasiliense* (2004).

Concerto para arranha-céus foi composto em tipologia AlbertaExtralight e impressa pela Quick Printer em off set em papel pólen 90g e cartão supremo 250g para a LGE Editora, em dezembro de 2004, ano em que se comemoram 150 anos do nascimento de Oscar Wilde, 100 anos da morte de Anton Tchecov e de nascimento de Alejo Carpentier, Graham Greene, Henriqueta Lisboa, Mario Quintana, Pablo Neruda e Salvador Dali; 90 anos de nascimento de Julio Cortazar e Tennessee Williams; 80 anos de nascimento de José Donoso, Ledo Ivo e Osman Lins e da morte de Anatole France e Franz Kafka; 60 anos da morte de Saint-Exupéry; 50 anos da morte de Oswald de Andrade; 40 anos da morte de Cecília Meireles, Miguel Angel Astúrias, Oduvaldo Vianna Filho; 20 anos da morte de José Mauro de Vasconcelos, Julio Cortazar, Mauro Mota, Michel Foucault, Raul Bopp, Samuel Rawet, Truman Capote e Vicente Aleixandre e 10 anos da morte de Charles Bukowski, Cyro dos Anjos, Juan Carlos Onetti e Miguel Torga.